薄紅色コスモスの花束

佑佳

文芸社

花も散りゆく、四月の下旬。大型連休を目の前にした枝依《えだより》市内は、新生活に馴染もうとする人でどこも溢れていた。一様に目を、気持ちを輝かせ、吹く風はまるく、歩みを進める人の背をそっと押していくような穏やかさがあった。

そんな頃の、枝依東区。とあるアパート二階の一室に、白い布製のカバーがかけられた骨箱と、黒い額縁に収められた遺影写真が帰り来た。見慣れた家財道具や建具らとまったく似合っておらず、まるで他人事《ひとごと》のような異質の存在に見えてしまう。

それらを前に正座しているのは、床に突っ伏し泣きじゃくっている女性と、憔悴《しょうすい》しきった表情でただまばたきだけを重ねている少女。特に少女は生気なく座し、肩を落としている。

「ありがと、ママ」

静かに腹の底まで空気を吸い込み、吐き出すと共にそう左側へ声をかけた少女は、未咲《みさき》。視線は目の前の遺影に注がれているものの、茫然《ぼうぜん》としていてまるで焦点が合っていない。しばらくぶりに絞り出した謝辞の声は、しかし意外にもはっきりしていた。

止まらない涙をハンドタオルでおさえつつ顔を上げたのは、スナックゆきの小幸《こゆき》ママ。彼女には、骨箱や遺影が葬儀のときよりも格段に現実味を帯びて見えた。それらを前にして、普段の冷静で穏やかな自分を保てるわけもなかった。膝から崩れ落ちるように床に伏すと、纏《まと》めあげた黒髪がバラバラと肩や顔の横に垂れ下がり、声が嗄《か》れるのもお構いなしに泣いた。

「未咲ちゃん、ごめんなさい。私の方がまだ、こんな……」

「ううん、気にしないで。ちゃんと泣いてあげて」

冷静にそんな言葉をかけられることに、未咲自身が驚いた。溜め息のような長いひと息がゆらゆらと漏れ出て、再び瞼を重く下げてしまう。

酷く悲しいはずなのに、なぜか他人行儀に振る舞えている自分が不思議でならない。案外冷淡な人間なのではないか、と深く陥《おちい》ってしまいそうになるのを、未咲は母の遺影を見上げ直すことで払拭した。

未咲の母である美冬《みふゆ》は、三日前に交通事故に遭い亡くなった。

外を回る営業販売職をしていた美冬は、その道中、歩道からふらりと飛び出した老婆を、突っ込んできたトラックから身を呈《てい》して守ったという。老婆は認知症で徘徊中だったらしく、一件そのものを結局理解していない様子だった。

ついこの前の四月三日に、未咲の一八回目の誕生日を祝ったばかりだったのに。

未咲の進路や将来について、明るく話をし始めていたところだったのに。

号泣の涙がやがて涸れてくると、雑談もままならないうちに小幸ママから「帰るわね」と、弱く告げられた。よろよろと立ち上がる小幸ママの背を見送りに、未咲も玄関へ向かう。

「ねぇ未咲ちゃん。本当に卒業までここにいるつもりなの？」

濃紺色《ロイヤルブルー》のエナメルパンプスを履きながら訊《たず》ねる小幸ママ。振り返ったその目はぼんやりと赤く腫《は》れ、涙声を隠すために鼻をスンと啜《すす》った。

「うん。どうせこんな状態で引っ越しなんて出来ないし、高校も残り一年切ってるし」

「そうは言うけど、本当の本当に大丈夫？」

「多分ね」

力なく、溜め息のような相槌《あいづち》で返す未咲。

「お母さん、年度が替わる頃に、学校に三年目分の年間授業料払ってくれたの」

自慢気に「一括《いっかつ》で払ってきたよ！」と通帳を広げ見せてきたときの、美冬のさっぱりとしたあの笑顔。晴れやかで前向きで、母が常に応援してくれていた想いが、亡くした今になって未咲の胸にチクチクと突き刺さる。

「おじいさまたち、独りになるあなたを心配なさってたじゃない？」

「でも、そのときにお母さんと約束したから。『三年生も楽しく頑張ろう』って」

「ギリギリ、ご実家から通うことだってできる範囲だわ。それに、引っ越しなんていくらでも手伝えるのよ？」

「そういう問題……」

「でもない――」

二人の言葉が重なった。未咲は慌てて言葉を呑む。申し訳なさそうにした小幸ママは、真っ赤なジェルネイルで飾った右手で、未咲の頬をそっと撫でた。

「――わよね。余計だったわ」

「………」

まるで繊細な割れ物に触れるかのような、小幸ママの指先。温かくて、やはり胸にキツキツと痛い。

こうして寄り添われることは嬉しいはずなのに、未咲の目にはたちまち涙が滲み、ぼろぼろと溢《こぼ》れていく。人肌は、今未咲が母を強烈に欲しがっていることを簡単に思い出させた。

「未咲ちゃん……」

流れ伝う涙が、頬を、小幸ママの指先を、床をぱたぱたと濡らす。

「ううっ、ううえぇぇー」

恥もなく、未咲は声をあげて泣いた。

履いたばかりのエナメルパンプスを脱ぎ捨てた小幸ママは、未咲の肩を、背中を、ぎゅうっと包むように強く優しく抱きしめ、囁《ささや》く。

「いいのよ。あなたは特に、きちんと誰かの前で泣きなさい」

いつも母と二人で、楽しく、慎ましくやっていた。母と二人きりの生活は、ささやかな幸福に充ちていた。

たった三日前まで、ここにはそれが確かに在った。突如奪われてしまった今、これからの先行きなどをのんびり考える余裕はない。あるわけがない。

母・美冬と暮らした、決して広いとは言えないこの賃貸の2ＬＤＫ。この『育った』家は、小学校入学直前の三月下旬時に住み始めてから一二年目になる。思い入れも深い未咲は、「高校を卒業するあと一年ならば離れずに浸りたい」と頑《かたく》なに思っていた。

同じ枝依《えだより》市の北区に住む美冬の父母——つまり未咲の祖父母からは、「あと一年無いのだから、こちらに来たっていい」と葬儀前に声をかけられた。葬儀が終わると、しかし未咲はたくさんの感謝の気持ちを伝えることで、その申し入れを断った。葬儀の準備段階で見つけた貯蓄用の通帳に、あと数年を生活できる金額が蓄えられていたということが、未咲にその心を決めさせた。孫娘の考えがとても現実的なものとは思えなかったものの、しかし美冬から受け継がれている未咲の頑固さに、祖父母は根負けした。

「ごめんね、帰ろうとしてたのに。汚した」

「いいのよ、そんなこと」

しばらく小幸ママの腕で泣き、服が涙でぐずぐずになってしまったのを申し訳ないと思った頃、未咲は包んでくれていた腕をそっと離した。

濡らしてしまった部分を、触れるか触れないかの人差し指でなぞってみる。小幸ママは未咲の腰から手を離さなかった。その掌《てのひら》は、とても温かい。

「ねぇ未咲ちゃん。夜でも昼でもとにかく遠慮しなくていいから、キツくなったら、いつでもお店来なさいね」

小幸ママの目にも、再び涙が滲《にじ》む。その潤《うる》んだ瞳を見てはいけないような気がして、未咲は咄嗟《とっさ》に視線をフイと左下へ逸《そ》らした。

「ありがと。けど、夜は甘えられないよ。お店の邪魔しちゃう」

「でも、夜こそ人恋しくなって危ないわ」

その未咲の目線を追いかけるように、小幸ママとも首を傾《かし》げていく。同時に、小幸ママの腕が徐々に強く腰を寄せていくのがわかって、未咲は「とりあえず頷いておこうかな」と打算的に考えた。

「まぁ、目と鼻の先だしね、お店」

視線を戻した未咲は、もともとあまり上がらない口角をできる限りキュッと上げてみる。小幸ママには伝わっただろうか。「母のように美しく凛と笑いかけたいのにな」と、未咲はしかし再び瞼《まぶた》を伏せる。

「ねぇ、学校はやめちゃだめよ」

「やめないよ。さっきも言ったけど、お母さん年間の授業料払ってくれてたし」

「高校の間はバイトもダメよ」

「うん、しない。お母さんが遺《のこ》してくれたものがあるし」

「それ、遠慮しないできちんと遣いなさいね。『生活に困ってる』なんて、そんなの絶対にダメよ」

「うん。最悪困ったら、実家に行くよ」

「夜は不用意に出歩かないのよ。どんなに仲の良い友達からの誘いでも、陽が落ちてから……いえ、そう。六時半以降はダメよ」

「うん。ていうかママ、ウチの門限よく知ってるね」

「んもう。ダテに一二年、あなたたちと付き合ってないわ」

「ふふふ」

今のは自然に笑えたかもしれない、と自然に持ち上がった自らの口角の位置を覚えることを試みる。

「未咲ちゃん」

「うん？」

未咲の腰を更に寄せて、小幸ママは未咲の肩口にそっと顔を埋《うず》めた。

「あなた、本当に美冬ちゃんに似てるわね。強くて可憐で、とっても美しい。こんな子、他に見たことがない」

「そう、かな」

「ええ」

小幸ママの発した一言一句が、未咲の心にじゅわりと沁みて、溶けていく。信じられないような褒め言葉を貰ったと、心の奥がサワサワと疼《うず》いた。

「ありがとね、ママ」

もう少しだけ、きっと頑張れるよね――再び滲《にじ》んでいく視界の中、小幸ママの肩口に頭をもたれかける。そうしながら湧くわずかなためらいと共に、小幸ママの背中へキュッと腕を回してみた。

＊＊＊

忘れもしないあの日——母の亡くなった日。

高校の担任教師が未咲の教室へ駆け込んで来たのは、三時間目が終わってすぐのことだった。

担任教師は、教科書を片付けている未咲に耳うちで、「職員室へあなた宛に電話がかかってきてるの。急いで一緒に来てちょうだい」と早口で告げた。一体誰が、と疑念を抱きつつ、担任教師に続き職員室へ急ぐ。職員室の隅の電話は、やけに白く記憶されている。それを手渡され、右耳にそっとあてがう。

「代わりました、灯《とも》未咲です」

『灯美冬さんのお身内の方ですね、すぐに枝依《えだより》中央総合病院へ向かってください』

「え、病院？　枝依中央、総合病院、ですか」

ドキリとした。血の気は引くし、受話器を持つ手がいやに震えて静まらない。会話を終えて受話器を置くと、同じく職員室に居た全ての教員事務員ら《大人たち》が、一様に未咲へ哀れむような視線を向けていた。

ほどなくして、誰かが既に呼んでいたタクシーにその身ひとつで乗せられる。薄曇りの間から射した陽にタクシーの黄色が反射して、やけに目の奥に眩しく刺さった。

後部座席のドアが閉まる直前、慌てて走ってきた体育教師から「鞄も持っていけ」と自らのそれを手渡された。教室まで取りに向かってくれたらしい。ご丁寧に机の中身も、散らかしたままになっていたノートやペンらも、全てが鞄の中にしまわれていた。

「ありがとうございます」と控えめな会釈で返し、間もなくタクシーが走り出す。行き先を告げずとも走り出した様子から、教員の誰かが既に伝えてくれていたことを、病院に着く頃になってようやく気が付いた。

下車し、駆け込んだ病院の自動ドアのガラスの透明度にツウと背筋が凍る。受付へときょろきょろしていると、スーツ姿の男性が一人、未咲へ声をかけてきた。

淡泊に警察官だと名乗ったその彼に続いて病院内を進む。彼の無言が奇妙な緊張を呼んだ。進むにつれてどんどん薄暗くなっていく廊下。その先の白く重たそうな扉の前で、スーツ姿の警察官はようやく口を開いた。

「身元の確認、お願いします」

身元？　どういうこと？　未咲は眉を寄せ、下唇を甘く噛んだ。

白いその扉がギイィと開き、ひんやりとした空気が未咲の両側をゾワリと撫でて去る。すぐに目に入ってきたのは、白い簡素なベッドがひとつ。そこに横たわる一人のかたち。

「え」

冗談のように肩から鞄がずり落ち、ドザッと白い床に叩きつけられた。

目の前がグラングランと揺れて回る。胃の辺りがサアーッと寒くなり、鳥肌が脳天からかかかとへゾワワと駆け抜ける。

顔に掛けられている白い布。その頭元の香炉《こうろ》の金色と、線香の渋い緑。それがまっすぐに上げる白い一筋の煙。

真実かどうかの脳処理が出来ず、突然重たくなった脚を無理矢理に前へ動かし、震える手でその布を恐る恐る剥ぎ取った。


母、美冬が眠るようにそこに居た。

白すぎる顔。

それまでどおりに穏やかに上下するはずの、しかししない胸元。

整頓《せいとん》されすぎている髪。

布が頭まで掛けられている意味がわからなくて、未咲はそこへ寄りかかる。

「……何してるの、お母さん」

鼻の奥がジワジワとする。懸命に『普段どおり』を装う反面で、声は上ずり震えていく。

「仕事、まだ残ってる時間だよ。お母さんが行かないと、困る人沢山いるよ？　夜はスナックだって手伝わなくちゃ、ママ困るよ。あ、あぁ。昨日夜更かししたんでしょ、ダメだよって、美容に良くないってさァ、何回も私言ったじゃん。ねぇっ」

ゆさ、と揺らす、母の身体。

「ね、え」

反発がない。まるで蝋人形かなにかのようだ。掌に、指先に、無情にもそれらは伝わって、現実を直視させられる。

「く、あぁ……」

震える声は、未咲に止めどない涙をもたらした。膝から崩れ落ちるようにその場にへたり込む。母の体に掛けてあった白い布を強く掴んでいたため、ズルズルと未咲と共に垂れ下がり、ぼたぼたと溢《あふ》れ出る涙をどんどん吸った。

「おが、お母さあぁん……お母さあん！」

他人の目など憚《はばか》らずに泣き叫んだ。当然だった、唯一の親がいなくなってしまったのだから。

本当は母にすがって泣きたかった。しかし、美しく眠るような母を崩したくもない。そうなぜか俯瞰的な判断をする自分に気が付き、胸元がうすら寒くなって、すると涙が溢《あふ》れて止まらなくなった。

二人きりの家族。慎ましく、仲睦まじく、日々を笑顔で晴れやかに、どんなときでも協力し合って生活していただけなのに――。

「どうしてお母さんだけが、こんな風にならなきゃいけなかったの？」

その言葉が声になったかならなかったかなど、未咲は覚えていない。こんな状況ですら涙が止まる瞬間がくることを認識し、やがてすがり泣いていた場所から上半身を起こした。

「…………」

母が横たわる白すぎるベッドから、ヒタ、ヒタ、と生気なく離れていく。安置室を出てすぐの焦げ茶色の長椅子へ腰を下ろし、脱け殻のように手足を投げ出し、うなだれた。壁に側頭部をもたれ掛け、胸よりも下まで伸びた黒髪を重力のままに垂れ下げ、ピクリとも動かない。

思考は真っ黒、目の前は真っ白、心は空っぽだった。顔の筋肉が一ミリたりとも動かせない。瞬く間に、そんな無表情に侵食されていく。何を考えていたわけでもないが、思考は上滑り、やがて聴覚ばかりが研ぎ澄まされていった。

「娘さん、ですか」

不意に、先程未咲をこの場まで案内したスーツ姿の警察官とは別の警察官が一人、茫然《ぼうぜん》とする未咲の顔をわざわざしゃがんで覗き込んで言った。彼は警察官の青い制服を身に着けている。

「娘さんなら何かわかるかもしれないから、伝えるだけ伝えさせてください」

「…………」

「『ハルミちゃんごめんね』が、灯さんの最期の言葉でした」

開かないような開いているような、わずかな未咲の瞼《まぶた》の隙間。それがほんのりと広がると、警察官はそっと立ち上がって、簡素に「では」とだけ告げて未咲の元を離れた。

「はる、み、ちゃん？」

再びの静寂の中、告げられた名前を細くなぞる。

泣きはらして重たいはずの瞼《まぶた》が、ぐんぐん持ち上がっていく。

「誰のことを、言ったの？」

ハルミ、などという名前の人を、未咲は知らない。

「誰なの？　お母さん」

無言で横たわる母を遠巻きに眺め、未咲は無意識のうちにそれを深く記憶した。動かない母が纏《まと》う真っ白い色だけが、眼球に刺すように入ってきた。

＊＊＊

母の居ない生活は、未咲にとって実に味気ないものだった。

死後直後にやってきた大型連休を泣き徹《とお》して使いきり、何をどうやっていつ頃飲み食いしたのかさえさっぱり思い出せない。しかしそうして悲しみに暮れたお陰か、早くも連休最終日には母の遺影に話しかけられるようになった。

「お母さん。明日から私、ちゃんと学校行くからね。授業料もお母さんの努力も、無駄にしないからね」

前向きに生きてみるよ、となかなか上がらない口角を無理矢理に上げる。

「…………」

このなかなか上がらない口角も、多少低く控えめな鼻も、実は母には似ていない。これは、顔も名前も知らない『父』の遺伝子を引き継いだようで、未咲は思春期に唯一そこだけを悩んだ。

未咲は父親を知らない。名前はおろか、顔すらも見たことがない。未咲をはじめ周囲の誰にも、母は未咲の父親について一切口にしなかった。

結局母が何を思い、どうして未咲へ父親のことを教えなかったのか、またその内容も闇の中となってしまった。父親など、もう居なかったのも同然なんだから——未咲は頭を振って「独りなんだ」と言い聞かせ、視線に陰を落とした。

枝依東区《えだよりひがしく》——六月初旬某日、一六時半。

「おかえりなさい、未咲ちゃん」

「あ、うん……ただいま」

放課後、まっすぐに開店前のスナックゆきへ立ち寄った未咲。店の扉を開けるとコロンコロンとカウベルが鳴り、この音が好きだなとわずかに気分が上向く。

「おかえりって言われるの、なんかいいね」

弱く笑んだ未咲へ、努めて明るく「そうよう」と小幸《こ》ママが放った。

「何度でも、いつまでも言ってあげるわ。『スナックゆき』も、あなたたちの家のひとつなんだもの」

「フフッ、ありがたいことで」

未咲は努めて口角を上げ、入口から数えて三番目のカウンター席へ腰掛けた。通学鞄は右隣に置かせてもらう。小幸ママは、カウンターの後ろから空《から》の9オンスサイズのグラスをひとつ持ち出し、未咲の目の前に置いた。

オンスとは、グラス用単位の一種。この場合の9オンスは約二七〇ミリリットルに相当する。この9オンスグラスは、両掌で包んで持つとすっぽり隠れるような、よくお湯割りなどで使われるグラスだ。どこにでもあるような円柱形のそれは、小幸ママによってよく磨かれている。

「はい、プライスレス」

そこへ八割程度烏龍茶を注いで、小幸ママは9オンスを未咲へ向けた。

「別に水道水だっていいのに」

「まぁまぁ、気にしなさんな」

普段どおりに見える小幸ママに、ここは大人しく甘えておいて得策だと踏んで、未咲は小さく「いただきます」と声をかけてから口をつけることにした。

「で？　どうしたのかしら？　そんな顔してここへ帰ってくるなんて珍しいじゃない？」

「うん、その……」

鼻へ抜けた烏龍茶の渋味を浅い溜め息で吐き出してから、未咲は通学鞄の中からA4判の空色の紙をためらいがちに取り出した。

「五月中旬に模試があってね。この紙、その結果なの。今日も進路相談があったんだけど、これを基《もと》に進んでるんだ」

言いながら、悪意ゼロの上目遣いが小幸ママを向く。先程よりも大きな溜め息が「ハァ」と紙の上を滑った。

未咲にとってこの日は、親不在となって初の進路相談日だった。不透明な先行きの決断を強いられ、迫られ、しかし一人きりで決定していかなければならない現実に直面する。教員から言われた言葉や意見に悩み疲れ、未咲の気分は更にズンと重苦しいものとなった。そこで、親代わりのように慕う小幸ママへ相談に訪れ、現在に至る。

「ふうん?」

未咲の意図を察した小幸ママは、眉を上げてそれを受け取った。

「あら。ちょっ、ええ?」

しばらく紙をじっと見ていたかと思うと、眉を寄せ、険しい顔になって、遂には声を裏返して未咲へ顔を向け直す。

「何よこれ、すごいわ。国立大A判定じゃない!」

「んー、まぁ」

「なんなのよ、合格確実じゃないのよ!　どうしてそんな表情……もっと誇りなさいな」

そうして弾む声を上げた小幸ママは、薄青に色付けた瞼《まぶた》を見開きパンと手を打った。それでも未咲の表情はさっぱり晴れない。

「四月までは別にそれで良かったたし、普通に嬉しかったんだけどね。なんかいまいち手放しに喜べなくなったの」

「あら、先生方に何か言われちゃった？」

「そうじゃないけど」

そうして首を捻りながら、カウンター上で絡《から》めている指へ視線を刺し、口をへの字に曲げる。

「A判定が出たら、絶対に国立大に行かなきゃいけないと思う？」

「え？」

「例えば『大学行かないで働く』とか、もう少し他の進路を考えるのは、そんなに変なことなのかなぁ」

明確な『働く』という言葉に、小幸ママは片眉を上げ驚いた。

「まぁ、別にそういうわけじゃないし、変ってわけでもないけれど」

肩を持ってくれた小幸ママへ、「でしょ？」と前のめりに言葉を向ける。

「そりゃ『国立大卒』なら、四年後にはすごくいい企業に採《と》ってもらえる確率も上がるし、それでより多くのお給料貰うのが、国立大進学を薦《すす》めてくる最大理由なのはわかってるの。でも、ちょっと思ったんだよね」

未咲は瞼《まぶた》を伏せ、声をはっきりと言った。

「『何になりたいのか』ってのがすごく重要で、なのに私は夢って何も無いんだな、って」

キン、と響く、未咲の発した『夢』の一言。小幸ママは口腔内でそれをなぞり、続きを待つ。

「先生たちみんなね、『とりあえず大学行っとけ』って言うんだ。大学行きながらやりたいことなんて見つかるから、って。でも、大学だってタダじゃないじゃない？私は学びたいもののためにお金をかけるならいいんだけど、なんとなくで通わなきゃいけなくなったところにお金をかけたいとは全然思わなかったの。むしろ、なんか違うと思った」

高校一年の中盤頃から、担任教師に「使える制度をふんだんに使ってそのまま国立大へ進むといい」と強く言われていた。美冬《母》が健在だった頃は、提案される進路や進学先に何ら疑問を抱いていなかったが、しかしその死によって状況が変わり、気持ちにも大きな変化があったことは否めない。生活環境が変わっても尚、学力のことのみで進学を薦められることに、未咲は疑問を抱くようになった。

「中学より上の学校に行くようになったときに、お母さんの金銭負担が少なくなれば、と思って、ただがむしゃらに勉強してただけなの。気が付いたらたまたま国立大A判定だっただけなの。きちんと大学に行きたくて辿り着いたわけじゃないから、なんか、私はもっとちゃんと現実的に決めたいなと思ってて」

「なるほどねぇ。未咲ちゃん、短い期間にとってもたくさん考えたのね。偉いわ」

小幸ママはひとつ大きく呼吸をして、右頬に掌を添える。

「私は高校中退だし、お勉強も真面目にやらなかったから、正直その辺りのことはあまりわからないわ。だから月並み以下のことしか言えないと思うの。それは先に謝っとくわね」

くるりと背を向け、背面棚の酒瓶チェックを始める小幸ママ。在庫確認の指差しをしながら、「けれど」と続ける。

「『頭がいいから上の大学に入っておけ』ってのは、確かに違うと思うわね。そこは私も未咲ちゃんの意見に賛成よ」

「でしょ？」

「あ、でもねぇ」

フイ、と向けた横顔で付け加える。

「上を目指せるのに『敢えて目指さない』のは、今後の未咲ちゃんの向上心に欠けてしまわないかしら、とは思うわ」

「……向上心？」

「そう。たとえば――」

左回りに未咲へ向き直り、挙手の左親指から順々に折り曲げていく。

「――『学びたいことを見つけました』、『学力はそこまで必要ではありませんでした』、『周りとの学力の差がカルチャーショックに』、それでそのまま『やる気を削がれて夢を失う』――なぁんてことも、有り得ないわけではないと思うのよね」

「うーん、そっかぁ」

「美冬ちゃんが何て言うかはわからないけれど、私はそこが不安ねぇ」

『美冬ちゃん』に当然母の姿を鮮明に想い描いた未咲は、瞼《まぶた》の裏に浮かんだ思い出の笑顔に表情を固くした。

「まぁ、ね。確かにそういうのも、あるかもしんないよね」

ぺしゃん、とカウンターへ伏せる。ごち、とひたいがカウンターにぶつかる音の後、「うーん」と低いアルトで未咲は長く唸った。

「未咲ちゃんはまず、進学か就職かで悩むことにしたのね？」

「…………」

返した相槌は、頭の上下のみ。その姿にクスッとし目尻にシワを寄せると、小幸ママは「あのね」と助言を決めた。

「奨学金って、必ず返さなきゃいけないシステムってわけでもないらしいわよ」

「へ？」

「家庭環境や学校推薦とかで、手続きしたり審査があって、返納不要になるものもあるんですって」

　進学に関する仔細情報が、まさか小幸ママから出てくるとは予想していなかった。カウンターから頭を上げ、まばたきをふたつ重ねる。

「これね、美冬ちゃんから聞いていたことなの。たまたま聞いたような、他愛ない世間話だったんだけれど」

　長年、週末だけスナックゆきの手伝いをしていた美冬は、小幸ママとはまるで姉妹のような友人関係にあった。職業柄口が固く、深い信頼を寄せる小幸ママへ、娘の進路について思い悩む片鱗を見せていてもおかしくはない。

「未咲ちゃんの進路を考えて、いろんな可能性を調べていたんだと思うの。はっきりそうだと聞いていたわけではないけれど、美冬ちゃんなら、やっていても納得よね？」

　私生活では、思い悩む姿など一切見せてこなかった母。その等身大で人間らしい一面を不意に知って、未咲は複数の感情がゆっくりと混ざっていくのがわかった。

「私には直接なんの相談もなかったけど、私がなんて言ってもいいようにはしてた、ってことかな。お母さん」

「ふふ、あの美冬ちゃんだもの」

肩を竦めた小幸ママは、馳せる未咲の瞼《まぶた》へ「それを踏まえて」と声をかけ、現実へ引き戻す。

「未咲ちゃんが今気にしてるのは、本当にお金の問題だけなのかしら」

どき、と未咲は動きを止めた。小幸ママを直視できない。

「進路を決める上で、確かにお金は大切なことのひとつかもしれないわ。でも、今の未咲ちゃんが決めなければいけないことは、やっぱりあなた自身が『何になりたいのか』だと思うのよね」

「…………」

「全員がそうではないけれど、今のあなたにとって、お金は二の次三の次の問題よ」

美冬が遺した金額は、シングルマザーとしてはかなり残っている方だと思われる金額であっても、それはあくまで生活のみの話だ。自信をもってその進学分までを賄《まかな》える金額では決してない。

「『学びたいのに学べない』というのは、さすがに私も一番いけないと思うんだけれど。未咲ちゃんとしては、本当はどうなの？」

終始優しい小幸ママの口調に、未咲は胸の中心がチクチクと痛んだ。

「正直、まだわかんない」

間を開けて、細く答えた未咲。やがて、伏せていた黒々とした瞳が小幸ママを見上げると、なかなか選び取れない進路への不安が表れていたことがわかった。ハの字眉、山なりにした唇。所在を懸命にもがき探る未咲のその表情は、かつてたまに見せた美冬のものとよく似ていた。

「これは、私個人の考えだけれど――」

　まだひと月足らずにもかかわらず、すっかり懐かしく感じてしまった小幸ママ。クスッとひとつ笑み、目尻にシワを寄せる。

「――レベルがどうであれ、もし学びたいものが『明確にあるのなら』それを学べる学校に行くのが一番じゃないか、とは私も思うの。だからやっぱり、まずは目標を決めないとかしらね」

「うん」

「幸い未咲ちゃんは、進路を『他人《ひと》よりもいろんなパターンを選べる状況』だから、何を選んだって構わないって話だったでしょう？　ただ、それをきちんと自分の責任に出来るかどうかが、問われているんだと思うのよ」

「『自分の責任に出来るかどうか』、かぁ」

　大人だなあ、と漠然とした溜め息が出た。

　未咲が想像していた一八歳は、もっとずっと大人のような気がしていた。しかしいざその歳になってみると「案外そうでもないのかもしれない」と、むしろ「まだまだ子どもではないか」と不安に襲われる。母を亡くした今、一人きりでどのように進む道を決めていけるのだろうか——未咲はその実、進路に対してすらも茫然自失《ぼうぜんじしつ》となっていた。

「まぁまぁ。とは言えまだ六月になったばかりなんだし、一緒にじっくり考えましょう」

「一緒、に？」

「ええ、一緒によ。当たり前じゃない」

ポカンと口が開き、チクチクしていた胸の奥が温まるような。

「言ったでしょ、私もここも、あなたたちの家のひとつなのよ」

小幸ママが優しく首肯《しゅこう》を向けると、未咲は先程の「一人きりで」を撤回《てっかい》しなければ、と、はにかんだようにそっと笑んだ。

八月の、陽射しの強いとある朝。

未咲は、美冬の自室へ踏み入ることを決めた。起床しすぐに遺影に手を合わせた折に、「お母さんの部屋、あれからずっと掃除してないな」と不意に頭をよぎったことがきっかけだった。

美冬が亡くなってからというもの、未咲は遺品のひとつにすら触れていない。うっかり触れてしまえば必ず涙が滲むだろう、と簡単な予測がすっかり立っていた。

美冬の部屋は、一二年前に美冬の実家から二人で引っ越してきたときから扉を取り払い、水浅葱《みずあさぎ》色という爽やかな薄青緑色の麻布《あさぬの》の長暖簾《ながのれん》を下げて仕切っている。そうすると、互いの気配がリビングに居ながらいつも感じることができ、未咲も美冬も気に入っていた。

「今日は掃除出来なくても無理しない。そうっ、無理しないようにしよう」

わざと大きく言葉として吐き出して、意気込んで長い麻布を分け入ってみる。右手には使い捨てのハタキを持ち、さもなんでもないように、ごくごく自然を装って。

六畳のその部屋は、まるで時が止まったかのように四か月前のままを保っていた。遺品整理を一切していないため当然のことではあるが、本当についさっきまで美冬がそこに居たかのような空気が保たれている。

「…………」

ひとつ鼻で吸い込むと、まだかすかに残っている美冬の薫りが、久し振りに胸いっぱいに充ちた。もしかしたら気のせいだったのかもしれない。それでも、未咲はそれによって大きな安心を得られた。久し振りに母に触れられた気がして、荒《すさ》みかけていた心に潤いが戻ったような心地を得る。

「さて」と、改めて部屋を見渡す未咲。

入って右手の壁際にあるのは、定価よりも安く買えた木製のすのこベッド。そこに、美冬の好きな色であるペールミントグリーンの布団、シーツ、枕と備えられている。枕にしていたのはビーズクッションで、それは未咲がいつかの母の日にプレゼントしたもの。そこにかけた星柄が散らばったフェイスタオルは、いつだったか二人でお揃いにして買ったもの。

ピンクの縁取りが可愛らしい壁掛けの丸い時計は、未咲が小学生のときに二人で買い物に行った先で一目惚れしたもの。電池を入れ換えながら、ずっと正確に動いている。

ベッドの足の先に、天井まで届きそうな本棚がふたつ。多種多様な本の山に「お母さんも本が好きだったんだっけ」と頬が緩んだ。

入って正面の窓際に置かれたドイツ製の化粧台は、ここへ引っ越してきたときに自らの父親《未咲の祖父》から貰ったと言っていた。その卓上に並んでいる、まあまあ安めの化粧品の種類はやはり少なく、普段から母がいかに薄化粧だったのかが改めて見てとれる。

「まぁ、どれもやっぱり、埃かかっちゃうよねぇ」

肩で小さく呟き眉尻を下げる。化粧台の上も、本棚も、ベッドの掛け布団でさえ、なんとなく埃が積もっているような気がして。しかしどこから手をつけたものか。立ち竦んだ未咲は、ふらりと本棚の最下段にあるアルバムの前に膝をついた。

このアルバムは、すべて美冬の手製。記念すべき第一冊目は、美冬が妊娠八か月の写真から始まる。未咲のエコー写真が数枚と、妊娠中、陣痛時、出産時、と二人の始まりからが細かく挟まっている。

「…………」

未咲は『1』と書かれたそれへ手を伸ばし、しかしすんでのところで首をブンブンと振った。

「ダメだ」

恐らく、今『自分の産まれたところ』なんて見たら、アルバム台紙をぐしゃぐしゃにするくらい泣いてしまう——未咲は喉からも出かかっているその手を強引に引っ込め、渋る視線を本棚の真ん中へ、ぐいんと向けた。

「うわ、専門書こんなにあったんだ」

料理の本が片手に収まる冊数。そして、圧倒的に花に関する専門書が多い。その量から、美冬がいかに勤勉だったかを再認識させられた。

「そっか。お母さん、短大行きながら花屋さんのバイトも頑張ってたんだもんね」

その当時の美冬の年齢は一九歳。現在の未咲のそれと然程変わらない。未咲はしかし『一九歳《短大生》の母』と『一八歳《高校生》の自分』の、深く遠い差を見てしまった気がしていた。

一九歳の美冬は、実家を出て一人暮らしをしていたと聞いている。将来的にデザイン系の職に就くべくデザイン学科のある短大に通い、社会経験として生花店をバイト先として選んだと、かつて美冬は言っていた。

「なんか、大人だなぁ」

ひとつの歳の差がこんなにも違って見える。ただひたすらに母が偉大に思えていた。

溜め息を挟み、なんの気なしに花の専門書のうち一冊を手にし、パラパラと捲《めく》る。そこでやたらと目につくのは、マーカーで引いた線の数々と、たまに注釈のように書き込まれた美冬直筆のメモ書きだった。

寒色系もステキ

枝付きの花はブーケにできるのかな↑店長行きの質問!

香り気にしてみる　〈匂いの相性〉

湧き出るアイディアを、こうして次々に書き留めていたようだ。かつての美冬の熱の入り具合に、未咲は誇らしさすらおぼえる。

「あれ、ここで開いちゃう」

とあるページで、本の背に折り目が付いてしまっていたようだ。パタンとその書き込みのところで、ページが勝手に開ききる。

◎先輩からのアドバーイス◎
花言葉も注目するとよきよき
花言葉を集めたブーケはなかなかオツだと思うが
灯《とも》的にはいかがかね？

「これ、お母さんの字じゃない」

偶然目にしたその『先輩からのアドバーイス』の内容に、未咲はへぇと頷く。その筆跡は全体的に細長く、右に倒れていくような癖のある文字。さながら収穫前の稲穂のような倒れ方で、未咲はクスッと笑みが漏れた。

「ここまで楽しそうに勉強出来るって、なんかいいな」

静かにそれを閉じ、もとあった場所へ戻す。美冬が熱心に勉強した『仕事』に、未咲はじわりと興味が湧いた。他のものも見てみようと、一冊ずつ手にしてはパラパラとそっと捲《めく》りゆく。

無意識的に、まるで触れる度に崩れて壊れてしまう物を扱うような、繊細な手つきになってしまう。捲《めく》れば捲《めく》るほど、美冬の引いたマーカー線とメモ書きが目につく。多かれ少なかれ残っていた母の考えや要点は、未咲の興味を惹《ひ》く充分な要素になり、知らぬ間に丁寧に読み進め、どんどん引き込まれた。

「これが『勉強』だよね。生きるための勉強。こういうののために、この先の学校がある」

無意識的に呟いたそれに、未咲自身がハッとした。口を閉じ、本から目を上げ、しばし逡巡《しゅんじゅん》する。

「あっ」

ふと、持っていたその本の隙間から紙が一枚ひらりと落ちた。落ちるその過程を目で追い、手中の本を棚へ戻してから、そっと拾い上げる。

それは、とある写真だった。

写っていたのは、若かりし頃の母・美冬。歯を見せぬまま上品に口角を上げ、目を細め、こちらへ小さくピースサインを向けている。腰から上が写された写真であってもわかることは、美冬はなぜかウエディングドレスを身に纏《まと》っており、丁寧に化粧を施し、きらびやかに飾り立てて華々しくしているということ。

その若い美冬の紅潮した頬にうっかり見入ってしまい、やがて見ていただけの未咲も照れてしまった。

「お母さん、なんだよね？　これ」

こんな笑顔を今までに見たことがない――そうくすぐったく胸に抱き、視線を美冬の隣の人物へ移せば、鼓動がひとつバクンと鳴った。

「誰だろう、この人」

隣に唯一写っているのは、名前を知らない一人の男性。美冬がウエディングドレスなのに対し、しかし彼はぼったりとしたダークグレーのパーカーという不釣り合いな格好だった。

美冬よりも一五センチ以上背が高そうな彼。短い黒髪をちくちくと総立てているために、更に高さがあるように見える。太めの吊った眉、優しそうな目尻、控えめな鼻。そして左耳に着けたシルバーのフープスクエアピアスが若さを語る。彼の健康的に焼けた肌との対比で、「にっ」と覗いた歯は白く眩しい。

寄り添うように写り込む二人の距離は、彼が母の細い肩を抱いていてもおかしくないほどに近い。しかしそうしていないところを見ると、なにやら絶妙な緊張感が窺《うかが》い知れる。

「見たことないなぁ、こんな人」

そう口にしながら、更に首を捻った。未咲には二人の関係がわからず、想像の域を越えなかった。

何気なく、その写真をくるりと裏返してみる。

池田から灯へ

書かれたその文字から、この写真はどうやら池田という人物から贈られた物であると判明した。メッセージの筆跡は、先程の『先輩からのアドバーイス』の書き込みと同じ癖のもの。全体的に細長く、右に倒れていくような癖のある文字の並び。

「この人が『池田』さんかなぁ」

裏表、と何度か目を行き来させてみる。写真が挟まっていた本をもう一度手に取り、ハラハラと捲《めく》ってみるが、手掛かりは他に無い。わかりかけたところでわからなくなってしまったと、未咲は細く長い溜め息をついた。

それでも、若かりし母がこんなに幸せそうに笑っているのなら、きっとこのときに大事だった人なのだろう、と未咲は一方的に納得した。今の未咲が大切にしていることは、隣の人物の詳細よりも『母・美冬の笑顔』だった。

ドキドキと胸が詰まる想いと共に、未咲はその写真をリビングの母の遺影の隣に飾ることにした。

「あら、可愛い写真じゃない。どうしたの、これ？」

夕方になると、小幸ママが手製のちらし寿司を持って未咲の家を訪れた。遺影の隣の若い笑顔に、小幸ママも頬を染める。

「お母さんの本棚にあった本から出てきたの」

「あら。美冬ちゃんの部屋、入れたの？」

大丈夫かという意味を含んで、小幸ママは心配をあらわにする。

「うん、ちょーっと入ってみただけだから。被っちゃった埃、取ってあげなくちゃと思って」

小幸ママの隣に並び、改めて写真を眺める未咲。

「これ、なんのときの写真なのかしらね？　美冬ちゃん、結婚式してないって言ってたけれど」

「未婚だったから？」

「まぁ恐らく」

「じゃあ、結婚式の写真じゃないいんだろうね？」

身も蓋もない純粋すぎる返答に、拍子抜けの小幸ママ。写真を眺める未咲の横顔を盗み見ると、「笑顔のお母さんが見られて大満足」とその頬に書いてあるように見えた。気を取り直し、小幸ママは質問の切り口を変えてみる。

「この方はどなたなの？　私服のようだけれど」

「え、ママも知らない？」

「ということは、未咲ちゃんも知らないのね？」

顔を見合わせる二人。頬へ左手を当てて、小幸ママは続ける。

「美冬ちゃんに彼がいたなんて話、本当に一度も聞かなかったのよ。お店にいる間は結構な人数が言い寄っていたし、都度その方々はお店に通ってくれたけれどね。でも、みぃんなすがすがしいほど綺麗に断ってたわ」

「そう、だったんだ？」

小幸ママも娘の未咲でさえも、美冬に男の気配が無いことを少なからず気にしていた。敢えて男性との関わりを持っていなかったらしい母が、今更ながら心配になる。

「昔の話もやっぱり聞いてないの？」

「ええ。本当に何も教えてくれなかったから」

もしかしたらあなたのお父さんだったりして、という言葉を、小幸ママはギリギリで呑み込む。亡くしたばかりの未咲の心内を、わざわざ乱したくはなかったためだ。

「美冬ちゃん、外見全然変わらないのね」

「これ、一九歳くらいのお母さんだよ、きっと」

「え、そうなの？」

「うん、多分。短大生の時に使ってたらしい本から出てきたから、そうかなと思って」

「あぁ、そうねぇ。そうかもしれないわね」

未咲の心情や進路がもっとずっと落ち着いたなら、父親や写真の彼について、自発的に掘り下げるかもしれない。そう小幸ママは覚《さと》って、今はそれ以上を踏み入ることをやめた。

「あのね、ママ。私まず『楽しいか』を考えてみようと思う」

小幸ママが「え？」と視線を移すと、未咲はまっすぐに遺影の笑顔を見つめていた。

「お母さん、お花の勉強すんごく楽しそうにやってたみたいなの。今日部屋の中をまじまじと見たら、本棚にテキストたくさん並んでてね。いろんなところに線引っ張ったりメモ書きしてあったりして、それだけで楽しそうに見えたの」

晴れやかな表情で、小幸ママを向く。

「私、お母さんみたいに『私が楽しく学べるかもしれない何か』を見つけて、大学でもどこでも行ってみようと思う。だからまずは、せめて九月半ばまでに何かそういうの見据えようかなって」

小幸ママは、過去ではなく未来へ一歩を踏み込もうとしている未咲へ、うんうんと小刻みに頷いた。

「急に働くんじゃなくて、『知識を詰めるために』学校に通うの。それならお金、もったいなくない気がするから」

どうかな、と漏れ滲む未咲の口元が、幼い頃の未咲となんら変わらない。小幸ママは目尻を細めた。

「いいじゃない。未咲ちゃんが、美冬ちゃんの背中から感じ取って決めたことだわ。素敵よ」

ホッとした未咲は、ガクンとひとつ首肯を向けた。

「よくそこまで決心したわね、偉いわ」

「ふふ、子どもっぽいかなって思ってたけど、安心した」

母の遺影へ向き直り、見つけた写真をもう一度眺める。

こんな風に、満足できる『先』を選び取れたらいいな――甘くまるく、未咲は想い描く先を胸に抱く。

そうして、新盆《にいぼん》が過ぎていく。


学校が再開した、九月上旬。

待ちに待ったと言わんばかりに、進路相談が始められた。一部の教員は未咲の国立大進学に目をギラギラさせていたため、未咲はそれに下唇を甘く噛んだ。

何度進路相談の場を設けてもなかなか確定せず、すると夏休み前と同じ話し合いが続く。多少反論するようにはなったものの、未だ不透明な未咲は決定的な武器がなく、疲労ばかりがのしかかった。

この日、帰宅のために揺られていたバスを降り、数歩進んだ先で「疲れたぁー」と大きな溜め息が漏れ出た。顔を上げた拍子に、住み慣れた町の秋の匂いが鼻先を触って去る。鞄を肩にかけ直しただけで、気持ちがわずかに落ち着きを取り戻した。「きちんとしなければ」と自らの背を正す度に、張り詰めている気持ちを柔和したいと、逃げ場を探す。

「灯《ともり》？」

「うん？」

ふと、名前を呼んだ声を振り返る。バスが排気ガスを噴かしながら去り行く手前に、背の高い青年が立ち止まり、じっと未咲を見ていた。

青芝がそこそこに伸びてきたような五分刈り、細く切れ長の目元。ゴッゴッと骨っぽい頬骨やひたいに、どこか見覚えがある。加えて、彼が着ているあの制服は、枝依中央ターミナル駅から程近い共学高校の制服だったような、と未咲は頭にハテナを浮かべていた。

どなたでしょうかと奥歯まで出かかって、しかしギリギリのところで「あっ」と目を見開く。

「都築《つづき》くん！」

「ああ、やっぱ灯だ」

そうしてニコリともしないまま大股でゆったりと近付いてきていた彼へ、未咲は安堵の笑みでタッと駆け寄った。

「久しぶりだねぇ、中学卒業以来？　声かけてくれてすっごく嬉しい！」

「後ろ姿ですぐわかった。お前全然変わってない」

「ええ？　そうかなぁ？」

彼――都築勝利《かつとし》は、未咲と同い年の高校三年生。九歳の頃からの唯一ともいえる友人で、ほとんどの感情をその端正な顔には出さないクールな青年だった。それは変わらず健在のようで、都築は未咲との再会を喜んでいるのだが、しかしその実数ミリ単位で口元に笑みを浮かべているに留まっている。

曖昧すぎる都築の表情を、なぜだか未咲だけはいつも正確に把握できる。考えが読めないと怖がられがちで、大多数から距離を置かれることの多い都築からすると、未咲は稀少で好意的な人物だった。

「都築くんまた背ぇ伸びたね。今、何センチあるの？」

「この前測ったときは一八七センチだった」

「ええっ、伸びすぎ」

「食って寝てりゃ、伸びる」

「ふふふ、よくお育ちですねぇ」

うっすら――ほんの五ミリ程度口角を上げた都築は、未咲の左横へ並び立ち「途中まで送る」と歩みを進めた。

「いつも帰りってこの時間なの？」

「いや、部活引退したからな。最近早く帰れるようになっただけだ」

「そっか。やっぱり野球はずっと頑張ってたんだね」

「まぁな」

斜め掛けにした青のエナメルバッグを一瞥《いちべつ》した未咲。返ってくる首肯《しゅこう》に、更に笑みを深くする。

都築は幼少期から、野球に明け暮れる毎日を送っていた。そのため肌はよく焼け、肩や腕はガッシリとし、全体的に縦に長い。今は両手を制服のスラックスポケットに突っ込んでいて確認できないが、その手もかなり大きく逞《たくま》しくなったことだろう、と未咲は想像を膨らませた。

「夏の大会はどうだった？」

「なんとかベスト4《フォー》にまでは」

「おおっ、すごい。もうほぼプロじゃん！」

「クフッ、全然違うけどな」

他者にも自らにもストイックな都築は、常にスターティングメンバーの座を守っていた。その性分や近付きがたい雰囲気も相まって、期せずして孤高となってしまうことも少なくない。妬《ねた》み嫉《そね》みを受けたことは、未咲の記憶にも鮮明だった。

しかしどうやらこの満足気な表情から、それは無事守り徹《とお》せた上、あらゆるしがらみから解放されたようだと覚《さと》り、未咲はホウと安堵する。

「都築くんはやっぱりすごいなぁ。あ、ねぇ、進路決まった？」

「ん？　あぁ、枝依西大のスポーツ科学専攻。先週末に推薦で受かった」

「枝依西大って、『倍率高いし規定もいろいろ難しくて入るまでが大変』ってところじゃなかった？」

「やけにハードル高く言うのな」

「だって、実際に狭き門だもん。『行きたくてもなかなか』って話、周りからよく聞こえてくるし」

未咲がそうして「すごい、すごい」とキラキラしたまなざしを向けるので、都築は眉間を詰め首の後ろに手をやった。これは都築の照れているサイン。真っ赤になっていく彼を見るのが久しくて、懐かしくて、未咲は更に「おめでとう」を重ねた。

「お、お前はどうなんだよ、進路。国立大のどこの学部にしたんだ」

目を逸《そ》らしボソボソと訊ねる都築へ、未咲は一転、ひゅっと口を結ぶ。次第に歩みが止まり、都築の背に俯く。

「やっぱり、私が国立大行かないなんて言ったら、変だと思う？」

「ん？」

二歩先で振り返った都築は、未咲の固まった態度に「何か悩んでる」と察した。

「いやワリィ、そうじゃない。お前、中学ン時はずっと学年一位だったから、灯なら相変わらず行けるんだろうなと思っただけだ」

「まぁ、うん」

「高校でどうなんだ？」

「まぁ、その。学年三位には、いられてる」

「あの進学校で三位……断然お前のがスゲーよ」

「そう、かな」

くしゃ、と不安そうに表情を歪《ゆが》めた未咲。予想外の表情が返ってきたので、都築は細い切れ長の目を可能な限り見開き、ぎょっとした。

「なっ……とっ、泣くな」

「まだ泣いてないよ」

「泣く予定だったのか」

「そうじゃないけど。ふふ、ごめん。ありがと」

弱く笑む未咲を、都築は「うーん」と窺う。

「お前、時間ある？　俺も話したいことあるんだけど、どっかで話せるか？」

「うん、平気。ここからだったらウチが近いけど来る？　誰もいないし」

「それはダメだっ」

強く大きく遮《さえぎ》った都築の声に、未咲は驚きで動きを止めた。

「あ、いや、ワリィ」

まばたきを多く挟み、都築は首の後ろへ手をやって横顔を向ける。

「家はっ、ま、マズい、だろ。そう、そういうのは、な」

「う、ん？　ごめん」

実は、何が「マズく」て「ごめん」だったのか、未咲は全くわからなかった。他に適切な言葉も見つからないので、そうしてその場をやり過ごす。

「じゃあ、そこの喫茶店にする？　都築くんレモネード好きだったよね」

「あ？　あぁ。よく覚えてるな」

「だって、都築くんは一人でいることが多い私によく話しかけてくれた、貴重な友達だもん」

「そ、そうか」

顔色を窺《うかが》って接するような付き合いをせずにいられる相手である都築は、未咲にとっても美冬や小幸ママ以外の『心が平和でいられる貴重な存在』だった。片手の指の数より少ないそんな相手との、三年振りの再会。喫茶店へ向かう歩数が増えるにつれ穏やかになっていく心を、未咲は密やかに噛み締めていた。

ほどなくして、数分歩いたところの古い喫茶店に入った二人。窓際の奥の席を指し「あっちにするか」と都築に促されて座る。対面の椅子に行儀よく座る都築へ、変わってないなぁとこっそりと笑みを溢《こぼ》す。

「俺、実は去年から野球やってないんだ」

「えっ？　でも『夏の大会ベスト4だった』って、さっき」

「半分マネジメントみたいなことやってたんだ。選手として在籍してたわけじゃないのと、本当は後輩たちのお陰でってわけで」

「騙すみたいに言ってワリィ」と瞼を伏せる。未咲はブンブンと首を振って、都築の言葉を待った。

「去年の夏に背中悪くしたんだ。オペして治ってるから生活には支障ない。リハビリはあと少しある。けど、選手生命は背中やっちまったときで終わった」

都築は、椅子の背もたれに体重をかけている。手術をしたところに響かないよう、丁度良い圧を保っているようだ。

「そんな……じゃあ大学には、選手として行くわけじゃないってこと？」

「そんな顔するな。俺はもう頭を切り替えて、目指す道を定めたから、推薦で受験しようって決めたんだ」

目尻を五ミリ狭めたそれは、都築なりに優しく笑んだつもりのもの。都築の心の傷が修復を始め、それを乗り越えつつあるとわかった未咲は、安堵し眉間を緩めた。

「野球のトレーナー目指すために、大学行こうかと思ったんだ」

「野球の、トレーナー？」

「あぁ。将来っつうか生涯っつうか、俺が野球に関わらない人生は有り得ないって思った。選手になる以外に何か出来ないか考えて、トレーナーなら選手に一番近くて、技術面でも怪我のケアでも、直接選手に俺が培ったものを分けられると思った。選手から一番近い裏方だ」

　誇らしそうな都築へ、「そっか」と未咲は口角を上げた。

「やっぱり都築くんはすごいよ。自分で先をガッチリ見据えて、考えられて」

「怪我がいい転機だっただけだ。選手でいられなくなったときは『終わった』と思ったし、周りに怖がられてる俺にはマネジメントなんて無理だと思ってた」

けど、と都築はかすかに――未咲だけがわかる程度に、柔らかい表情になる。

「飛び込んでみてよかった。多角的に野球に関われることが知れたのは、俺だけじゃなく、後輩たちにとっても良かったような気がする。もしあいつらの誰かが同じようなことになっても、絶対に道はあるんだって伝えられたような気がするから」

「そっか」

　考え抜いた末に、野球部のマネジメントをしていたのだろうとわかる。『その』先が大学でトレーナーを目指すという選択なのだろうと未咲は小さな首肯《しゅこう》をいくつも向けて思う。都築が納得して選択したり、今が以前よりも生きやすい環境であったりすることは、未咲へ羨望と安堵の気持ちをもたらした。

「お待たせね」と、レモネードとホットレモンティーが運ばれる。目の前に置かれたレモンティーの鮮やかさに、未咲は目が眩みそうになった。

「お前も何かあったんだろ？　多分いつもより元気ないぞ」

訊ねながら、都築はレモネードに刺さったストローの首をつまむ。

「進路で焦って悩んでんのか？」

「あ、うーん」

逡巡《しゅんじゅん》の末、未咲は都築から視線を外して小さく返した。

「もうこの時期なのに、まだ決めかねてるの。進路」

ストローで吸い上げたレモネードで喉が潤う。

「大学でやりたいことが見出だせないのに、大学に『行かなきゃいけない』みたいに周りから推されるのが苦しいの」

「周りは周りだ、それはお前の意見じゃないから気にするな」

そろりと目を上げた先の都築は、真剣なまなざしを向け続けている。

「たとえ好き勝手にそう言ってきてるわけじゃなくても、断定してくる意見に耳は貸さなくていい。お前の進路だから」

「そう、だね」

「美冬さんは何て言ってんだよ？　美冬さんといつも二人三脚だろ」

「あ、まぁ……」

咄嗟《とっさ》に、しかし慎重に言葉を選びながら、レモンティーへ口をつける。唇が潤うと、喉で詰まっていた言葉が細く滑《なめ》らかに出てきた。

「お母さん、もういないの」

「は？」

「半年前……四月の終わりに、お母さん、人を助けて死んじゃったの」

「…………」

未咲の囁きともいえるような細い声を、都築は一言一句聞き逃さなかった。

「いや。おい、冗談だろ？」

「…………」

無言が一番の返答だった。

レモンティーを啜《すす》る未咲の伏せた目元から、視線が逸《そ》らせない。重い沈黙をしばし挟み、やがて都築は未咲と同じように細い声で俯いた。

「灯、あの……ごめん」

「ううん、もう平気」

ティーカップを置いて、消えそうな笑顔が都築へ向くと、未咲はまた目頭が熱くなった。

美冬さんという唯一無二の親が居ないから一人で悩んでて、だから尚更元気ないのか——都築はあらゆる言葉を浮かべ、しかしそれを全て口に出すことをためらい、呑み込む。言葉をかけると却《かえ》って傷つけたり、余計なお節介になってしまうことを懸念した。

「だからさっき、『家に誰もいない』って言ったのか？」

「うん」

「今も、同じとこ住んでるんだろ？」

「うん。一人で暮らすには広すぎるのに……だけど、引っ越す勇気なくてね」

「しなくていいだろ、引っ越しなんて」

背を伸ばし身を乗り出した都築は、瞳の奥の奥まで覗いてしまえそうな気迫で詰め寄る。

「美冬さんとの思い出、さっさと片付けようとするな。ちゃんとお前が浸って大事にしろ」

その都築の強い口調が、今まで目の前を陰らせていたなにかを吹き飛ばしてくれたかのように思えた。まるで自分のことのように他の誰かが心配してくれる状況は、未咲が一番奥底で求めている情のかたちであり、最も求めているものであり。

ハッと正気に戻った都築は、慌てて首の後ろへ右手をやった。

「わ、ワリィ。お前が俺の意見に左右される方がもっとダメだ」

「ううん。都築くんはいつもそうだから、私すごく安心するよ」

薄く笑む未咲から、都築は視線を逸《そ》らす。レモネードを一気に吸い上げると、酸味が喉の上の方に貼り付いた。

「なぁ、灯。マジで何もやりたいことないのか？」

「え」

かち合った先の都築から目を逸《そ》らせない。ああ、このまなざし。懐かしい都築くんのまっすぐなまなざしだ、と未咲は小さく身震いをした。

その選択には一点の迷いもないのか、突き詰めて突き詰めてようやく辿り着いた答えなのか――そういうことを問う、都築の独特の問いかけ。それは彼が自他共にシビアだと評される大きな点だった。

一度《ひとたび》この質問が始まれば、都築は賛同も否定も一切しない。これはメンタルケアの手法のひとつではあるが、都築は表情があまり動かないこともあって余計に威圧的に感じてしまう。未咲の場合、都築に対し何ら威圧感を感じないという特異な性格ではあったが。

「わかんない」

迷いなく、敢えてはっきりと告げる未咲。都築の質問の意図をきちんと汲《く》み取れたがための切り返しだった。顔色を変えずに、都築は更に問い詰めていく。

「お前が国立大に迷ってる原因は何だ。恥だのなんだのは棄てて、一回ちゃんと口に出してみろ」

「やりたいことが、国立大にはない。何か『生きるための』勉強を見つけて楽しく学びたい。なりたいものを見つけたいのに、見つからない」

「…………」

「あと、しょ、奨学金の不安がある。生活費だってそう。それから……」

未咲はレモンティーに視線を逃がした。

「それから、えっと」

口を開いては閉じ、開いては閉じを未咲は繰り返し、言葉に詰まる。そっと目を閉じ、その向こうに淡く映ったものを逃がすまいと眉を寄せる。

俯いてしまった未咲の頭頂部を見つめながら、都築は密やかにテーブルの下で拳を握っていた。もっと優しい寄り添い方で未咲の力になれたらいいのにと、自らを歯痒く思う。しかしこれは、都築が知っている一番の優しさだった。

想いは口に出して初めて認識になる。

口に出せばもしかしたら、何かが変わるかもしれない。

ふ、と目を開け、再び都築と視線を合わせた未咲は、眉を寄せながら頬を染めて言った。

「わ、私、ホントはなりたいもの、ちゃんとある」

「ん」

「私、灯美冬になりたいの」

「…………」

ハテナで頭が充ちてしまった都築は、片眉を四ミリ曲げた。

「お母さんね、お花の勉強楽しそうにやってたの」

その反応を気に留めなかったのか、未咲は構わずに口から次いで出る言葉を吐き出していく。

「思った以上に花のテキストたくさん持ってて、いろんなページに線引いてあったり、メモを直書きしてたりして。熱量がね、なんかこう、すごくて。漠然とすごくて。テキストから伝わってくるの、勉強楽しかったんだろうなってこと」

なかば呆気にとられたように、都築は二センチ開けた口でひとつ吸い込む。曲げていた眉は、いつの間にか元に戻った。

「私もなりたい、あんな風に」

「……うん」

「私、お母さんが満足いくまでできなかったことをしたい。同じでも違ってもいいんだけど、お母さんの見てた世界の先を、私も見てみたいの」

目をそうしてようやくキラキラさせた未咲に、都築はホーッと眼力を弱めていく。

「そうか」

きちんと自分の意見があるじゃないか、と都築は瞼を伏せ、レモネードのグラスの水滴を左人差し指で拭う。

「お前は、花好きか？」

「うん。ついテキスト読み漁ってたら私も楽しくなっちゃった」

「ふうん？　なるほどな」

「変かな。子どもくさい、かな」

訊ねる声色は、不安気で弱い。

「いや、何も変じゃない。その証拠に、灯は進路を決められたろ、今」

「ん？」

「美冬さんの遺品の何を見て、美冬さんになりたいと思ったんだ」

グラスから目を上げた都築は優しい目尻をしていた。

「花の、テキスト」

「その知識はどこで活きる」

「は、花屋さん？」

「それ、具体的にどんな職業だ」

「え」

「花の知識を詰めるのは、お前はどう感じたんだ」

「んと、ちょっと、興味出た」

「美冬さんは、花にどうやって携わってた」

「んと、花束作ったり、インテリア装飾、あとブライダル——」

顎に手をやり呟いていくと、未咲は簡単にホワッとひとつが見えた。

もしかして、それであの写真かな——そうして一冊のテキストからヒラリと落ちた、あの写真を思い出す。美冬が小さくピースサインを向け、頬を染めて微笑むあの写真。

二〇秒もしないうちに、「そうなのかも」と鮮明になった視線を都築へ合わせ、きゅんと頬を持ち上げた。

「ありがとう、都築くん。ちょっとだけ……ううん、すごく道筋見えた。私の追いたいと思うこと、はっきりした気がする」

「大丈夫か？」

「うん」

「センセーたちに、うまく言えそうか？」

「どうだろう、わかんない。私、説明上手くないからなぁ」

「お前の説明でわからなかったことなんて一度もないけどな、俺は」

「ホント？　じゃあイケるかもっ」

都築はテーブルの下で握っていた拳を柔らかく解く。

「じゃあ、よかった」

解いた右手で、自らの青芝のような側頭部をザリと撫で、口角を三ミリ上げた。

「あのさ、都築くん」

「ん？」

「小学生のときも、中学生のときも、いつも都築くんがこうやって腕を掴んで、本当の私に話しかけてくれたから、きっと今まで私はずーっと間違えずに来られたんだなって思ったの」

「いや、俺は別に……」

口元を大きな右の掌《てのひら》で覆い、照れを隠す。

「今までお前は、美冬さんとやってきただろ。代わりにはなれないけど、近い感じでなら手伝える。それをしただけだ」

　まっすぐな、しかし直接的ではない都築らしい気遣いが嬉しかった。未咲はほんのりと頬を染め、「ありがとう」と肩を縮める。

「今日、都築くんに会えてよかったよ」

「役に立てるなら、またいつでも」

　感謝を向けられた照れから、都築はレモネードの残りを吸い上げようとストローへ口を寄せる。

「お前の進路は、『美冬さんとの夢』だな」

　都築の目尻が二ミリ細まったのを見て、フフッと溢《こぼ》す未咲。

「灯の進路、絶対に一番いいところに決まるから。だからその決めた進路にちゃんと自信持て。今見えたもの、忘れるなよ」

　向けられた都築の優しさが、温かく心地いい。未咲は大きく頷くことで、しなければならないことがようやくすべて、順番どおりに見えた気がした。


「ただいま、ママ」

「あら、未咲ちゃん。おかえりなさい」

都築と喫茶店前で別れ、未咲はその足でスナックゆきへ向かった。開店前のカウベルに、小幸ママは首を傾げ訊ねる。

「遅かったわねぇ。進路相談？」

「ううん、たまたま幼なじみに会ったの。三年振り、かな」

「あらそう。懐かしい再会だったわねぇ」

「へへ。喫茶店寄っちゃった」

いつものように入口から三番目のカウンター席へ腰かけながら、相槌を返す。

「楽しかったのね、いい顔してるわ」

「そうかな」

「ええ」

こんなにも弾んだ表情はいつ振りだろう――そう思い馳せられるようになった、年齢に相応しい未咲の表情は、明るく軽やかだった。

「そうそう。今日は親子煮ときんぴら作ってみたわ。夕飯にどうぞ」

言いながら、カウンター下の小さな冷蔵庫からプラスチック製の保存容器をふたつ取り出す小幸ママ。

「いつもありがとう。ごめんね、手間かけさせて」

「何言ってるのよ。そんな風に言うなら、私だって『美冬ちゃんと味が違ってごめんなさい』よ」

「ふふっ、なにそれ。やめてよ」

理由を口にしたことはないが、小幸ママがこうして作り置きを渡すことは、受験勉強に本腰を入れ始める可能性のある未咲の手助けをするのが目的だった。

未咲へ背を向け、開店準備を再開するために酒瓶の並ぶ背面棚を向く。カウンターに置かれた保存容器を鞄へしまい、未咲は眉尻を下げた。

「ママあのね。私、ちゃんと進路決めたの」

えっ、とカウンターの中で、くるりと舞うように振り返る。

「私、フラワーデザインの仕事がしたい。だから、そういう学校を探すことにする」

「フラワー、デザイン？　お花のお仕事？」

「うん。おじいちゃんたちにも聞いてたんだけど、お母さんって、ブーケ作ったりアレンジメントデザインの面でブライダルに携わったりしてたことがあったんだって。でも、小さかった私のために途中で諦めさせちゃったみたい」

「へぇ、それは知らなかったわ」

「でね、その夢引き継いでみようかなって」

小幸ママは「あら」と目を丸くする。

「じゃあ、言われてた国立大は？」

「うん、やっぱりそっちは選ばない」

曇りのない、未咲の大きくて澄んだ双眸《そうぼう》。美冬の幻影を重ね視てしまうほどに凛としていた。

小幸ママは、それが未咲の身の丈に合う答えであるかを不安視しており、一方で未咲は、確固たる目標を定め捕らえている。それが互いの表情から誤解なく読み取れ、理解が進む。

「この前お母さんの部屋に入ったときから、お母さんが情熱持ってやってたことが気になってた」

カウンターの上で両手の指を緩く絡《から》ませながら、未咲は瞼を伏せた。

「でも、気になってる自分の気持ちを見ないフリしてた。真似だって言われたら反論できないと思ったから。反論できないくらいなら、黙って国立大行くしかないかも、と思ってたの」

小幸ママは作業の手を完全に止め、未咲の話に聞き入る。

「でも、こうしたいああしたいって、今日やっとわかったの。幼なじみが話じーっと聞いてくれてね、なんかやっと、自分の意思を持てた気持ち」

頬を染めて照れくさそうに話す未咲は、小さく肩を縮めた。

「そう。そうだったの」

　未咲が嬉しそうに『友人』の話をしたり、美冬や小幸ママ以外にも頼ることができる人が居るらしいとわかったことは、傍で見守っている小幸ママとしてはこんなに嬉しいことはない。安堵と喜びで全身が満ち、まるで火照っていくようだった。

「未咲ちゃんは、美冬ちゃんの血だけじゃなくて、美冬ちゃんの志も継ぐことにしたのね」

　小幸ママの穏やかな笑みにつられて、緩んだ口角でガクンガクンと二度頷いた。

「明日から学校を納得させてくる。学年トップで卒業すれば奨学金がどうのこうのって言うなら、そうするよ」

「ふふ、しっかりしてるのね」

「お金は大事なことだもん」

　カウンターの上のペンダントライトの暖色灯が霞むほど、未咲はしがらみから吹っ切れた笑みをしていた。そうね、と小幸ママが瞼を伏せ、胸元で掌を合わせる。

「未咲ちゃんにとって、いい学校が見つかりますように」

　本当に、と未咲は上にひとつ伸びをした。


　乾いた寒々しい風が頬に刺さる、一二月初旬。

一六時四五分のスナックゆきは、いつものように開店準備に勤しむ小幸ママと、帰宅したての未咲の二人きり。

「いよいよ専門学生ねぇ、おめでとう！」

「ありがとう、ママ」

自身の中で進路を固めた未咲は、手際よく専門学校を選び抜き、そこから見合う三校に絞り、ほどなくしてそのすべてから合格通知を受け取った。この日はその祝杯で、とはいえいつものように9オンスグラスに注がれた烏龍茶で、簡単でささやかに行っている。

「ずっと支えてくれて、ホントに感謝してる」

「なによう、今更よ。これから何年経ったって、私は未咲ちゃんと美冬ちゃんの味方だわ」

最も厄介かと懸念していた教員らへの説得は、未咲にしてみると案外肩透かしを食らったような手応えだった。未咲の専門学校希望を、教員らはあっさりすぎるほど一様に首を縦に振り肯定した。

その真相は、未咲の完全論破による結果だったわけだが、本人にはその自覚が全くない。無意識的に、教員らから放たれる意見を上手く汲みつつ、自らの意見と想いに変えて発言し返していた。言い淀みなく隙のない未咲の回答が、一〇〇％教員らへ返される。頭の良さがここで発揮された。

最終的には「わかってくださってありがとうございます！」と、真っ白で無垢な笑みを向けられたがために、教員らの方が根負けし首を縦に振るしかなかったようだ。

「で、三校のうちのどこに決めたのかしら？」

「西区の西大学街駅から近いとこ」

「あら、ここから一番遠いところじゃない。もしかして、引っ越すの？」

「まさか。引っ越し代だって相当するんだよ？　それに、お母さんの荷物も抱えて新しく借り直す方が苦難でしょ」

「でも、通学とかは大丈夫？」

「わけないよ。朝起きるのも得意だもん」

「北区のおじいさまのお宅からの方が通いやすいんじゃない？　またお声かかるんじゃないの？」

「ホントよくわかるね。うん、確かに呼ばれてはいるけど、そっちにも帰らないよ」

未咲は瞼を伏せて、烏龍茶を啜《すす》る。

「独りになったって、東区《ここ》がやっぱり居心地いいもん。お母さんとの思い出は大事にしろって、幼なじみにも言われたしね」

進路に迷い、独り暗く沈んでいた初秋にかけられた都築の言葉を、事あるごとに思い出していた未咲。甘えることを許容してくれたその発言は、未咲の中で大切な拠り所になっていた。

「それにね。ここならひとつでも多く制度が使えるし、条件さえクリアすれば学費免除してもらえるから。優遇してくれる分、通うのくらい頑張らないと」

ここ半年間の未咲の生活費は、美冬が遺した貯蓄を少しずつ少しずつ切り崩すことで捻出している。通帳に印字される残高照会を睨むたびに、未咲は母の想いをまるで『浪費』しているかのように感じ、酷く苛《さいな》まれることもあった。それがために、なるべく一円でも安く済ませたい未咲にしてみると、通学の往復三時間など些細なことだった。

「ということは、やっぱりお勉強は卒業まで気が抜けないのね？」

「うん。学年一〇位以内で卒業しないと学校の特選枠からあぶれて、学費免除対象にならないんだって」

簡単に言ってのける未咲に次元の違いを感じて、小幸ママは目が眩んだ。

「未咲ちゃんが平気なら問題ないんだけれど。そうだ、この前のテストはどうだったの？」

「ギリギリだよォ」

「ええ？　何位だったの？」

「二位」

「……どこがギリギリなのよ」

「一位狙ってたから。首席卒業だと、高校側から少し金銭的バックアップがあるの。だから点数の取りこぼしは完全に無くさなくちゃ」

そうしてギラつく未咲のまなざしは、至極真剣そのもの。日々の家計にギラギラさせていた美冬のそれに酷似しているな、と小幸ママはひっそり苦笑した。

「じゃあ、卒業までのお勉強のことが原因で、最近浮かない顔続きだったのね？」

予想していなかった言葉をかけられ、未咲は烏龍茶を噴き出しそうになる。

「へっ？」

「なにか他にもモヤモヤしてることあるように見えたんだけれど、違った？」

小幸ママのこのジト目は、様々を既に見透かしている視線で、未咲はドキリと動きを止めた。

「あら。図星ね？」

「ま、まぁその。ちょっと卒業後に対して、落ち着かないのは否めない、かな」

カウンターの向こうでグラスを拭いていく小幸ママの手先を、じっと眺める。丁寧に拭かれたそれらは、順々にカウンターや背面の棚へ並んでいく。

「あら、なぁに？　どうかしたわけ？」

「いや、なにがどうってことでもないんだけど」

「お引っ越しのお話でもないんでしょう？」

「それはその、うん」

煮え切らない未咲の言葉を待つため、小幸ママは笑みを貼ったまま、くるりと背を向けた。その先で拭き終えたグラスを並べていく。

「あの、ママ」

「んー？」

「お母さんってさ、一二年間ここで接客してたんだよね？」

「どうしたのよ、改まって」

背中で質問し返されて、わずかに視線が泳ぐ。「いや、その」と口ごもり、目の前の９オンスグラスへ鼻先が俯いていく。

「一応、希望の職業を接客業にしたわけじゃない、私」

「まぁ、そうね」

「で、接客業って『誰かのためを思ってするお仕事』だと思うの。だけど私、多分人付き合い上手くないから、『どこかで訓練しなくちゃ』って不安に思ってて」

「そんなに不安になるほどでもないと思うけれど」

未咲を振り返った小幸ママは、「まぁ、それで？」とほうれい線を深くした。

「美冬ちゃんがここで働いてたこととそのあなたの悩みと、どんな関係があって？」

「うん、その」

小幸ママはカウンター内から歩み出て、未咲の右隣へ腰かけた。俯く未咲の表情を覗き込むように、頬杖で待機する。

「ママさえ迷惑じゃなかったら、私――」

生唾を呑んで喉をわずかなりとも湿らせ、奥でつっかえている言葉をなるべく丁寧に吐き出す。

「――私、高校卒業したら、まずスナ《こ》ックゆ《こ》きで接客を学びたいと思ってる」

右肩の先を、ハの字眉で見つめる未咲。小幸ママの整った眉毛と色付けた瞼が驚きを語っていた。

「私、お母さんがやってた仕事の内容ほとんど知らないの。だから私が身をもって体験して、お母さんが見てたものとか足跡《そくせき》をできる限り見てみたいの」

「だ、だからって、こんなところまで美冬ちゃんを追わなくてもいいのよ？　初めは無難に、昼間の普通の接客業やった方がいいんじゃないかしら」

「それも考えたんだけど、なんていうか……」

9オンスグラスへ視線が戻る。

「お母さんがどうやってお金貰って私を育ててくれたのかとか、そういう現実的なところまでちゃんと見てみたいの」

「現実的なところ？」

「お母さんがいなくなって初めて、世の中のことなにも知らないのがわかって、恥ずかしいっていうか。いつまでもお嬢ちゃんでいたらいけないっていうか」

視界の端に見えたグラスの数々が、店内の淡い暖色灯を反射している。それはまるで、宝石店に並ぶきらびやかな石々を眺めるようだと未咲は羨望した。

「私、弱々しくなんていたくない。今までずっとお母さんに守られてるだけだったけど、私も一九歳の頃のお母さんと同じくらい、いろんなことときちんとできるようになりたいの」

言い切って、９オンスグラスに口をつける。烏龍茶の渋みがいつもよりも濃く感じられた。

頬杖を解いて、小幸ママは「なるほどね」と首肯をいくつか重ねる。

「自分でも、灯美冬に憧れすぎてるなって思うよ。ちょっと」

「ちょっと？」

「だ、だいぶ……いや、かなり？」

「ンフフ、そうね」

小幸ママの笑みで、未咲にもわずかに笑顔が戻る。重心を背中へ持っていき、遠くを眺めるような姿勢で在りし日の美冬を語る。

「美冬ちゃんはこの一二年、ここで働いてる間は一言だって泣き言を言わなかったわ」

母のメンタルの強さは、未咲もよく知っていた。常に笑みを湛《たた》え、どんなときも明るく晴れやかで、まるで雪解けの朝のような雰囲気だったと記憶している人が多い。

「私が目を光らせてたんだけど、それでも防げないセクハラにも笑顔で耐えたりしてね。本当は怖かったろうに、諭《さと》して成敗、なぁんてこともあったかしら」

「わ、度胸あるぅ……」

「フフッ。そうしたら人気に拍車かかっちゃって。立ち飲みが出たこともあったわ」

へぇ、と息を呑む未咲。そっと薄暗い店内を見回して、美冬と小幸ママを囲うように賑わう店内を思い描いてみる。それはしかし簡素な『想像』でしかなく、実際の色香の強い現実的な店内など、無垢のままの未咲では思い描けない。

「ねぇ、未咲ちゃん」

小幸ママは首をわずかに傾げ、どこか妖艶《ようえん》な声色で真っ赤な唇を動かした。

「わかる？　ここ、夜のお店なのよ？」

そうして細められた双眸《そうぼう》が、どこか挑戦的に見えた。生唾を呑んで首肯《しゅこう》を返す。

「うん。わかってる」

「どういうことをするのか、本当にわかってる?」

笑みを更に深くする小幸ママは、未咲の真意をわかった上でその無垢さへわざと脅しにかかった。

「しつこくお酒勧められたり、あっという間に全身がタバコ臭くもなるの。嫌になるような愚痴《ぐち》を聞かなきゃならなかったり、横柄な態度で腹が立つかもしれないわ。それでもみーんな平等に接しなきゃならない。もしかしたら、あなたにもセクハラの火の粉はかかってしまうかも」

どこか楽しそうに、しかし容赦なく告げる小幸ママの言葉を受けて、未咲はわずかに下唇を噛んだ。普段の優しい微笑みが未咲へ向けられているが、それは未だ幼い子どもを眺めているような、一線引いたような印象を受ける。

「わかるかしら。決して良いことばかりじゃないってこと。それでもよくて?」

くる、と膝を小幸ママへ向けて、未咲は姿勢を正す。

「仕事とか勉強だけじゃなくて、どんなことにも辛いことはあって当然だと思ってる。だから、そういうのは覚悟の上。それにね——」

ふわ、と笑んだ未咲。

「——直接見たことはなくても、二人がここで楽しく働いてるのだけはずっと知ってたよ。二人とも、たとえ嫌なことがあってもひとつずつ乗り越えて、いつも笑顔でいる。私も、そうなりたい」

乾杯をしてから減っていなかった烏龍茶を、小幸ママは三分の一量飲み減らした。

「私もこの仕事も甘くはないわよ？　生半可で入ってきた子が何人も辞めちゃったわ。美冬ちゃんでさえ、私への対応はしっかりお仕事とプライベートで分けてたくらいだったのよ」

「それはっ、当然！」

「フフ、まずまずかしらねぇ」

「ま、まずまず？」

「ううん、こっちのこと」

美冬の死後、もしも未咲に社会勉強をさせるのであれば自分の目の届くところがいいと考えていた小幸ママ。正直なところ、水商売を『未咲の初仕事』とさせてしまうことに後ろめたさを感じている。しかし、私生活に影響のないように調整するならば自分が、と案じてもいた。

椅子からカタンと降りて、未咲はピシリと小幸ママへ臨む。

「ママが私のことを『使えない』と思ったら、切り捨ててくれて構わない。ママの迷惑にだけはなりたくないから」

黙って未咲を眺める小幸ママの口角は、柔く上がっている。

「全部、そう簡単なことばっかりじゃないって覚悟してる。だけど……だからこそお願いします。きちんと専門学校と両立させるから、私に接客を学ばせてください」

そうして深々と頭を下げた。

小幸ママはかつての幼い未咲を思い馳せ、「いつの間に大きくなって」と胸が熱くなる。

「本当にいいのね？　くどいようだけれど、お店の中の私は普段の私じゃないわよ？」

勢いよく顔を上げた未咲は、キッとしたまなざしを小幸ママへ向ける。

小幸ママの容赦なさそうな気迫や意思は、未咲にとっては未知の領域だった。知らない美冬に近付くことは、知らない小幸ママとも対峙するということだと心に刻む。

「私は『ママから』教わりたいっ」

負けじと食らいつく未咲の一言に、やがて小幸ママは小さく「わかったわ」と、伏せた瞼と笑みで返した。


スナックゆきの扉に付いているカウベルをコロンコロンと鳴らし、軽い足取りで店を後にした未咲。見上げたオリオンがやけにくっきりと見えて、鼻腔《びくう》いっぱいに初冬の空気を吸い込んだ。

　スナックから自宅アパートまでは、徒歩三分もあるかないかの角をひとつ曲がった先。未咲はそこを曲がったところで、視界に入った人物へ「あ」と口をぽっかりと開ける。

「都築くん！」

　自宅アパートの階段そばに、都築が一人で立っていた。街灯の白い灯りに照らされた彼が制服姿のままであることから、帰宅前だと簡単にわかる。

「よう」

　都築は相変わらず無表情のまま、とたとたと小走りの未咲へ体を向けた。スッと通った鼻筋が寒そうに赤くなっている。

「どうしたの、こんなとこで。寒くない？」

「このくらいなら、別に」

　言いながら、しかし都築は制服ブレザーの中に着ている厚手のパーカーの首元へ顎を埋《うず》めた。

「この前会ったとき連絡先訊くの忘れたから連絡取りようがなくて、ここで待ってた」

「あ、ホントだ。うっかりしてたね」

フフ、と自らのマフラーへ、未咲も小さな鼻先を埋める。

「悪かった。家の前で勝手に待つとか」

「ううん、都築くんなら平気」

「これ」

「ん?」

「登録しといて。俺の連絡先」

あらかじめ用意していたスマートフォンの画面を差し向ける都築。そこには無料通話アプリのIDコードが表示されており、未咲はふわっと表情を輝かせた。

「いいの?」

「いいもなにも。中学のときまではお前、スマホ持ってなかっただろ。だから卒業した後、灯に会いたくなっても会えなかった」

会いたくなっても、の一言に、未咲は心臓を跳ね上げた。

親族や小幸ママ以外の誰かにそうして想ってもらえていたことは、言葉が詰まるほどに嬉しい。何年経っても、都築も変わらず能動的に自分へ関わり続けようとしてくれていた事実を認識し、しかし子どものように手放しで喜ぶことを恥じらって、未咲はマフラーに再度鼻先を埋《うず》めた。

「こっ、固定電話すら無いもんね、ウチ」

次第にぽっぽと頬や耳が熱くなる。未咲のその慌てた声色や仕草を、都築はわずかに目を細めて眺めていた。

慌ててコートのポケットから取り出したスマートフォンで、都築のＩＤを読み取る。すぐに『追加しますか？』と彼のアイコンが表示され、互いにひと心地がついた。

「この作業するの、すんごい久しぶりで嬉しい」

「そうか」

瞼を伏せ、二ミリだけ口角が上がる都築。スマートフォンの画面を切り替えると、『友達』欄に未咲のアイコンが追加されている。それだけのことで、都築の寒々しかった気持ちが充たされた。

「進路どうなった」

「お陰さまで、無事に専門学校に決まりました」

丁寧にお辞儀の真似をし、明るく告げる未咲。

「そうか。じゃあ、『本気で』美冬さんがやってたことを追うって決めたんだな」

「うんっ」

向けられた笑顔へ、都築は「良かったな」と賛辞を呟いた。

「ありがとね。都築くんにあのとき会わなかったら、きっとそのまま周りに流されて、先々でずぅっと後悔したかもしれない」

「お前は流されたりしないだろうけどな」

「そうかな」

「そうだ。あ、学校はどこにしたんだ」

「西区」

「西区？　お前も？」

「うん。あ、そっか。都築くんも西大だから同じだね」

未咲が「偶然だね」と都築を見上げると、息が白くなびいた。

「なんだか中学生に戻ったみたいな気分」

「そうか？」

「うん。通うの楽しみになった。朝の時間、都築くんと同じかもしれないもんね」

「そ、そう、だな」

ぎこちなくなってしまった返事を隠すように、都築は未咲から顔を背ける。

「年っ、年末、は予定、あるのか？」

「あー、うん。お母さんの実家戻ったり、月命日と終業日が重なってたりしてもうめちゃくちゃの予定」

「フ、だいぶ忙しいな」

がっくりと肩を落とす未咲へ、都築は二ミリ狭めた柔《やわ》いまなざしを向ける。

「年末、どうかしたの？」

「あぁ、いや。雑談だ」

都築は、奥底の思惑を覚《さと》られないよう本心を押し込めた。

本当は、クリスマスの予定を訊ねたかった。四月下旬から気を張り続けている未咲を外へ連れ出し、枝依中央ターミナル駅ビルの豪華なイルミネーションなんかを一緒に見て、長く密やかに想い続けている彼女の等身大の笑顔が見られたなら――そんな年相応の思惑が都築にはあった。どうやら捩じ込める隙間もなさそうだとわかり、やるせなさが渦を巻く。

「まぁ、お前の連絡先訊きたかったのと、進路がどうなったかを訊くだけの用事だったんだ。今日はな」

未咲のみならず、まるで自らにも言い聞かせているかのような一言。「そう？」と窺う未咲へ首肯を返して、都築は一歩足を引いた。

「今日、話せてよかった」

「私も。寒い中待ちぼうけさせてごめんね」

「別になんてことない。勝手に待ってただけだし」

「結局今日も家に上げなかったしさ」

寒空の下、それなりの時間待っていたらしい都築へ、家に上がっていかないかと勧めたかった未咲。しかし前回、「それはマズいだろ」と強く言われたことが今なお印象強く残っていて、遂に口には出来なかった。

「気にするな。そもそも家に上げるなって言ったのも俺だから」

はっきりと首肯するのは違うと思い、「まぁそうなんだけど」と口ごもる。

「今度はちゃんと連絡する」

「うん、わかった。あ、ねぇ。なんでもないこと、私からも連絡してもいいの？」

「あぁ」

「迷惑にならない？」

「迷惑だと思うなら、初めから連絡先なんて訊かない。それに――」

都築は顔を左へ逸《そ》らしていき、こそこそと小声で加える。

「――お前から連絡あるのは、俺は嬉しい」

その都築の赤い耳や頬が、暗がりであるのになぜか鮮明に見えた。そうして照れている都築の目尻がわずかに狭まり、ようやく彼が喜んでいるらしいということが冷静に伝わる。

「れ、連絡するっ。ちゃんと、私も」

都築のこんなにも嬉しそうな表情。それによって心の内側がほわり温まるのを、未咲は不思議に思った。心臓が脈打つ早さが耳に近い。

「だから都築くんも、悩みとか困ったことあったら、遠慮しないでいつでも頼ってね」

「ん。それはお前もだからな」

ごく自然に出た、他人を思いやる言葉。それに一番未咲自身が驚いていた。

美冬が亡くなってからというもの、周囲へ気遣うことなどほとんど出来ていないと自己評価していたが、どうやら少しずつなりとも優しさは取り戻せるらしいとわかる。手を振り別れるのが惜しいほど、何度も都築へ「ありがとう」と胸の内で呟いた。


頬を撫でる風が花の匂いを纏《まと》いはじめる、三月下旬の枝依市内。金曜日の一八時を過ぎる頃には、空は紅《くれない》色から濃紫《こきむらさき》へと変化しながら、黒とも違わない深い藍《あい》色へと流れていく。

「こ、こんばんはっ、いらっしゃいませ！」

コロンコロンと、スナックゆきの入口についたカウベルが鳴った。それを聞くなり、うわずった初々しい声がカウンターの中から上がる。入ってきた常連客の三人は一様に目を丸くした。

「あれェ？」

「見ねぇ顔だなァ、お姉ちゃん」

「わっかいなぁー、いくつよォ？」

「あらみんな、いらっしゃい」

店の奥――バックヤードから、小幸ママがにこやかに声を張る。常連客の三人は、定位置であるカウンターの最奥へ仲良く横並びに腰かけた。

「ママ、新しい娘《こ》雇ったのかァ？」

「ええそうなの。しかもサラブレッドよ」

クスクスと笑む小幸ママの左隣へ、おしぼりを三本持ってやってきた彼女。常連三人はそれぞれ、彼女からおしぼりを受け取る。

「は、初めましてっ、未咲です」

「あいあい、未咲ちゃん。よろしくねぇー」

「至らぬところも多いみならいの身ですので、ご迷惑をかけてしまうことも懸念されます。どうかご指導ご鞭撻《べんたつ》のほど、よろしくお願いいたします！」

饒舌《じょうぜつ》で理知的な自己紹介は、やはり声がうわずって震えていた。ガバリと九〇度頭を下げる彼女――未咲を見て、常連客の三人は顔を見合わせ「わっはっは」と豪快に笑む。

　高校を卒業してから専門学校が始まるまでの期間、未咲はスナックゆきでのバイトに勤しむことになった。

　緊張を貼り付けた表情でカウンター内に立ち始めたこの日が出勤初日で、しかも自ら学びたいと志願した人生初の『接客業』。緊張もひとしおだった。

　金曜日から日曜日の一七時三〇分から二二時までが勤務時間と言い渡され、それは美冬が勤めていた二〇時から二五時という時間帯とわずかに被る。

「なぁんか美冬ちゃんの初日みてェだなぁ、ママ？」

「んっふふ。実はねぇ、この未咲ちゃんは、その美冬ちゃんの愛娘《まなむすめ》なのよう」

「ええええっ?!」

「あっ、あの、美冬ちゃんの！」

「っカァー、だからサラブレッドね！」

「ああー、確かに面影があるなァ」

　納得している常連三人を眺めながら、未咲は努めて口角を上げていた。油断すると下がってしまい、ムスッと不機嫌そうに見えてしまうことを未咲はよく自覚している。

　できるだけ肺の奥まで酸素を取り込まなければと、深く息を吸っては吐く。あまり上手く呼吸が出来ているように感じなかった。

「そんなに緊張しなくたって、未咲ちゃんなら大丈夫よう。自信持って」

小幸ママがかけた言葉も、意識の外で滑って耳の奥まで届かない。「できるだけ笑顔を絶やさないように努めなくちゃ」と口角を上げ続けることに集中していた。

「にしても未咲ちゃん、大きくなったなぁ」

「よくあっちのスーパーで、美冬ちゃんと買い物してんの見かけたよな」

「うんうん。昔、美冬ちゃんと手ェ繋いで近所歩いて……ううっ」

「んもう、また泣く。すぐに泣かないの」

この小幸ママの店『スナックゆき』は、二〇年続く個人経営の店舗。

従業員は現在小幸ママのみ。

チャージ料金制、カラオケ有り、一見《いちげん》様大歓迎、ボトルキープは半年間だが最近はめっきり小幸ママの独断。当然のことながらお触りや隣に座るのは禁止、同伴入店禁止、アフターは小幸ママの許可を取ってからだが、通常は禁止。

店内は、入ってすぐ向かって右手に長いL字カウンターがあり、均等に配置された高さのある椅子が七脚。その椅子の背面に小さな四名用ボックス席がふたつ。店舗の形がいびつなためコの字型になっている団体用ボックス席は、最も奥まったところにあり、そこは酔い始めた小幸ママが常連客らと入り浸る場所だ。

「あっち側に溜まるのは常連さんの団体だから、勝手に座りに行く人たちばかりよ」

「うん――あ、はいっ」

「フフフ、いい子ね。そう、『仕事は仕事・返事はハイ・敬語は必須』よ」

小幸ママは過去、妖艶《ようえん》な雰囲気が魅力の美人ホステスの一人だったらしい。枝依中央区歓楽街の有名クラブのナンバー2《ツー》を担っていたが、派閥《はばつ》がどうこうで論争が勃発《ぼっぱつ》すると、それにまんまと巻き込まれ、中央区歓楽街を惜しまれながら去ったという。

その頃からほぼ変わらない鉛筆のような体型は、スラリと縦に長い。結婚歴はなく子供もいない。それがため、本当に未咲がかわいくて仕方がないわけだ。

一転、小幸ママの指導はこれまたなかなか手厳しい。ママとして大切にしている内容や観点が、とても細かく繊細なためだ。

「ママ。未咲ちゃんにはキツく当たんねぇでやってくれよなぁ」

「当たってないわよう。指導よ、し、ど、う」

「未咲ちゃぁん、気を付けろよ？　店の外は優しいかもしんねぇけど、店ン中のママは鬼みてぇな指導だからな」

「いえいえ。ママは一人でお店をこなしてきて、純粋にすごいと思ってますから」

「あら、ありがとう未咲ちゃん」

小幸ママは、美冬よりもひと回りほど年上の女性だ。些細な近所付き合いから始まったこともあり、美冬と未咲を自らの身内であるかのように目をかけている。

「未咲ちゃん、そういや高校は卒業したのかい？」

「はい、この前なんとか」

「なにが『なんとか』よ。ちょっとみんな聞いて。未咲ちゃんかなりすごいの。首席卒業よ」

「首席って？」

「学年一位で卒業したってことよう。ここらのトップレベルの進学校で一番なの！」

興奮する小幸ママの言うとおりで、未咲は冬の宣言どおり、最後に学年一位を奪取した。卒業式では首席挨拶を任され、更に高校独自の奨学金や授業料の免除・控除などの特典を与えられたことで、進学にかかる費用などが思惑通りに浮いてくれた。

ようやく肩の力が抜けた心地を味わいつつ、未咲はスナックのバイトに臨むに至る。

「これからは学校の勉強だけじゃなくて、お母さんみたいに自分が出来ることと熱意を持ったことを、精一杯頑張ってみようと思うんです」

前向きに若々しく笑んでいる未咲が、常連客三人にはまばゆく映る。口々に「応援してっかんな」と見守られるのを、未咲はくすぐったく思った。

すっかり花の暖色に枝依市中が染まった、四月三日。

「こんな日くらい休んでいいのに」

「いいから、いいから。誕生日だからって、家に一人で居ても何をするわけじゃないもん」

その日は、未咲の一九回目の誕生日。小幸ママの提案もそうして笑顔でかわし、未咲は一七時半の開店準備時からカウンター内で作業を始めた。

「ワイワイガヤガヤしてるところに居たいの。独りの誕生日なんて寂しいでしょ？」

未咲がそう力なく笑むと、小幸ママは「そーお？」と肩を竦《すく》めた。

いつものように一八時に店を開け、ほどなくして常連客がポツリポツリとやって来る。一時間もしないうちに最奥のコの字型ボックス席でどんちゃん騒ぎが始まり、すると小幸ママはそちらへ付きっきりになった。未咲は一人で数人のカウンター客と会話を交わしたり、洗い物やら会計やらに気を配る。

スナックゆきで手伝いを始めてからの未咲は、持ち前の頭の回転の早さが幸いし、やるべき仕事内容を三月中に覚えて出来るようになってしまった。覚えが早く、手際もいい。手先も器用でグラスひとつ割らない。これには厳しい小幸ママですら舌を巻いた。

一方で、常連客の皆々が満遍《まんべん》なく未咲を『美冬の娘』だと認識すると、不自然なほどに『美冬』の話題を誰一人として持ち出さなくなった。これは未咲を悲しませないようにするための、常連客らなりの暗黙の配慮だった。

「こんばんはー、いらっしゃいませ」

二〇時半。コロンコロンコロンと扉のカウベルが鳴ったのを聴き、未咲は入口の方へ顔を向ける。

「初めてなんだけど、大丈夫ですか」

「はい。お一人ですか？」

「うん」

そろりそろりと申し訳なさそうに入ってきたのは、黒のスーツを着た男性。一八〇センチはありそうな身長だが、都築よりも低いくらいだろうかと未咲は目測した。

「よろしければ、こちらどうぞ」

入口から数えて三番目のカウンター席を、右掌で指し促す。彼は軽く会釈で頭を下げ、未咲の指したそこへ着席した。少年のようにコロンとした黒い瞳をキョロキョロとさせ、店内を観察し情報を整理しているように未咲には映った。

「どうぞ、ご利用ください」

その隙に、未咲はカウンターの手元から手際よく、温かいおしぼり、コースター、おつまみの三点セットを用意。従事当初から変わらず努めて口角を上げ、丸まったおしぼりを広げて手渡す。

「あぁ、ありがとう。キミ、随分若いね。いくつなの？」

「実は今日で一九歳になったんです」

「へえ！　おめでとう」

「ふふ、ありがとうございます」

彼は、受け取ったおしぼりでそっと両手を拭いはじめた。

「未咲です。本日はようこそお越しくださいました」

カウンターを挟み、未咲はペコリと頭を下げた。彼もまたおずおずと会釈程度に頭を下げつつ、そっと名乗る。

「あ、ども。羽崎《はねさき》といいます」

「ハネサキ、さん」

彼――羽崎は、一見すると三〇代半ばを思わせる外見で、実年齢はわからない。襟足を高く耳辺りまで刈り上げ、頭頂部の黒い短髪をマットなワックスで横に流すように整えている小洒落た風貌だ。纏ったスーツの上からでも全身に筋肉が見てとれる健康的な体格だが、しかしその表情はどこか疲労が滲んでいる。

「お飲み物はいかがなさいますか？」

「えっと。焼酎がいいんだけど」

「はい。種類どうなさいますか？　ひととおりご用意してますよ」

背面棚の酒瓶へ半身を向けた未咲は、焼酎の種類を挙げていく。

「芋、麦、米、あと――」

「トウモロコシ」

未咲の言葉を待たずに、羽崎は前のめりに声を被せた。驚き振り返った未咲とバシリと視線が合い、羽崎は慌ててゴニョゴニョと質問に変えて濁す。

「――なんて、もう無い、よね？　ハハ……」

「トウモロコシの焼酎、ですか？」

「あぁいや、無ければ別に」

羽崎の『遠慮』を聞き流し、未咲は上段や奥の方などの普段目の届かない場所のボトルを探してみる。顎に手をやっては、耳馴染みのない『トウモロコシ』の表記を探す。

「えっ、ありました！」

「ほんと?!」

「はい、恐らくですけど」

酒棚の下段の端にひっそりと置かれた、深緑色の酒瓶。約二〇センチ高の円柱形をしていて、親指一本分くらいの長さの注ぎ口がちょこんと乗っかっている。

「へぇ、こんなお酒あるんですねぇ」

手に取り眺めてみると、それには所有客を示すボトルタグが付いていなかった。封は切られているようだが、中身に液体の重さや音がない。つるりと手触りのいいそのボトルのラベルは既に薄くなっていて、そこからかろうじてトウモロコシの絵が見えたことで気が付いたわけだ。

「でもこれ開封してあったので、新品があるかママに訊いてきますね」

振り返りつつひとつ会釈を残した未咲は、カウンターからそっと出る。奥で常連客がどんちゃんとやっている中に埋もれていた小幸ママへ、なんとか近寄りそっと声をかけた。

「ママ、この焼酎の新品って裏にありますか？」

既にほろ酔いの小幸ママは、「あっはっは」と笑っていた残りの表情を、未咲の持つボトルへ向ける。

「え？　どぉれ――」

瞬間、言葉を呑み込み表情をがらりと変えた小幸ママ。まるで鳥肌をたてたように肩を縮め、ひとつ身震いをし、未咲から慌てたように深い緑色のそのボトルをさらう。

「――ちょ、ちょっと、見てくるわ。未咲ちゃんは、カウンターに戻っててくれる?」

「う、うん……」

瞳孔が開き、流れ出る声もうわずっていて、明らかに動揺している。口角はいつものように上がっていたが、目の奥は笑っていない。挙動のおかしい小幸ママは、未咲からの返事もそこそこに聞き流し、そそくさと右脇を抜け、早足でバックヤードへ酒瓶を探しに向かった。

小幸ママの心情の不透明さに首を捻りながら、未咲は言われたとおりにカウンターの中へ戻る。仕事を優先しなければと、この情報を一旦後回しとし、頭の片隅へと強引に追いやった。

「すみません、裏にあるかママが探すとのことで」

「こっちこそごめん。大袈裟にしたな」

「いえいえ。多分ママのことだから、珍しいお酒の在庫はひとつくらい隠してあると思いますよ」

未咲はきゅ、と口角を上げ、『お客さま』を安心させようと努める。

「キミはママの娘さん?」

「いいえ。昔から仲良くしてもらってるご近所さんです。なんとなぁく叔母姪みたいな感じで、昔からお世話になってばっかり」

「へぇ、そうなのか。あんまりにも空気が馴染んでたから、親子なのかと思った」

ドキリ、胸が詰まる。『親子』という単語に、美冬の晴れやかな笑顔が過った。未咲はしかし「空気が馴染んでる」と言われたことも嬉しく、ぎこちない表情で小さく「ありがとうございます」と視線を俯けた。

「これよかったらどうぞ」

おつまみにと出された小皿から、羽崎はキューブチョコレートをひとつ拾い上げ、未咲へそっと差し出す。

「俺、酒飲むときは甘いの食わないから」

「あ、ありがとうございます！」

「どういたしまして」

まるで幼い少女のように笑んだ未咲を見て、羽崎は小幸ママの『世話を焼く心情』が大いにわかるような気がした。未咲が柔く笑むだけで、彼女へ目をかけたくなる――庇護欲が、初対面ですら湧きおこる。

「こんばんは、ママの小幸です。当店へようこそお越しくださいました」

音もなく、小幸ママが未咲の右隣に並び立った。未咲はそっと左へひとつ避け、羽崎は小幸ママへ小さく頭を下げる。

「どうも、お手数おかけしまして」

「いいえぇ、こっちこそお待たせしちゃってごめんなさい。ひとつだけあったのよ、新しいの」

小幸ママは接客用の笑顔を貼り付け、持ってきたボトルを羽崎へ差し出す。

「こちらでよろしいかしら」

「はい、ありがとうございました」

小幸ママは、音ひとつ鳴らさずカウンターへ酒瓶を置いた。その『わずかな気遣い』というプロ意識を、始終の所作を眺めていた未咲はじわりと羨望する。

「じゃ、ゆっくりしてらしてくださいね」

そうして会釈をひとつ残し、未咲へ「あと大丈夫?」と小声で確認をする。未咲が静かに首肯を返せば、小幸ママはパタパタとカウンターから出て行き、元居たコの字型ボックス席のどんちゃん騒ぎへ混ざってしまった。その背を二秒見送り、未咲は羽崎へ向き直る。

「すみません、バタバタして」

「いや、賑やかでいいなと思ったとこだよ。バーよりも賑やかで、でも居酒屋より距離の近いところだったらいいなぁ、っていうかさ」

フッと口角を上げ、嫌味なく未咲に返した羽崎。未咲はそれを「お世辞じゃないな」と不思議と直感し、胸を撫で下ろす。

「よかった。入ってから間違いだったと思われたらどうしようかと思いました」

トウモロコシの焼酎は、黄色いアルミの蓋《ふた》がしてある。それを未咲はグッと握り開ける。

「割り方、いかがしますか？」

「指三本のロックで氷は大きめなら二個、小さめなら五個」

待ってましたとばかりに、羽崎は一息でそう述べた。ギリギリと黄色のその蓋を回し開けていた未咲の手が止まる。目を白黒させつつ、苦笑いが漏れる。

「ご、ごめんなさい、もう一回」

「あ、悪い。つい早口になった」

羽崎は首の後ろへ手をやり、まるで幼い子供に言い聞かせるような、ゆったりとした口調で繰り返す。

「焼酎を、ロックグラスに指三本分まで入れて、氷は大きめなら二個、小さめなら五個入れてくれる？」

羽崎の言葉のリズムに合わせて頷いていた未咲は、「随分馴れた細かい指定だな」と、俯けた先でかすかに眉が寄る。

「ウチの氷こんな大きさですが、二個にしますか？」

ロックグラスへ、カランカランと二個を入れたところで、羽崎へ確認する。「それで」と羽崎が大きく首肯を向けたので、未咲はロックグラスの底から上へ指を横倒しに三本分あてがってみた。人差し指の上部まで、トウモロコシ焼酎をそっと注ぐ。多くならないよう、しかし手際よいそれなりの速度で。

トウモロコシ焼酎は、無色透明。薫りは実に淡白でアルコール臭さもあまりない。未成年の未咲ですら、酒臭さによる嫌悪感を抱かないほどのあっさりとした薫りが好印象に思えた。

「お待たせしました」

「ありがとう」

未咲は照れ笑いのように、くにゃりと口角をいびつに曲げ、出来上がったそのロックグラスを羽崎の前のコースターへのせる。

「こんな感じで、合ってます?」

「うんうん、はなまるですよ」

羽崎はニカッと満足そうに笑んだ。「よかったです」と未咲は肩の緊張が解れる。

「ちょっと意地悪かったたな、ごめん」

「いえ、勉強中の身なのでこのくらいはちゃんとやれないと、です」

「ハハハ、意欲的だ。じゃ、頑張ってくれたお礼に、何か好きなの奢《おご》――」

そこまで言ってしまってから、羽崎は慌てて言葉を呑み込んだ。

「――ごめんっ、そういうのってこの店は禁止？」

「え、あぁいいえ。禁止なんてそんな」

あたふたしている羽崎へ、未咲は眉を上げた。

「では、ご厚意確かにお受け取りいたします。ありがとうございます！」

「そっか、よかった」

未咲が純粋に心から喜んでいるように笑むので、向けられた羽崎は二種類の温度の違う気持ちが胸にあることを認識した。

ひとつは、永く濁ったままの自らへの嫌悪感。

もうひとつは、それをほんの数滴分なりとも浄化したかのような温もり。

ふたつがモヤモヤと胸を廻《めぐ》り、居心地の悪さからゴシ、とネクタイの辺りを左拳で擦る。

「じゃ、ホントに戴きますね」

「う、ん。もちろん」

未咲は自分の膝元にある小さな冷蔵庫から烏龍茶の瓶を取り出し、いつもの9オンスグラスへ氷を二個入れてから、心地いいトクトクの音と共にそれを注ぎ入れる。この瓶から流れ出る液体音が、最近の未咲が店のカウベルの次に気に入っている音。

「それでは、今日はようこそお越しくださいました」

「お疲れさんー」

キン、とグラスが軽くぶつかって、羽崎と未咲はそれぞれのグラスに口をつけた。

喉の奥に流したそれは、羽崎にとって約二〇年振りの懐かしいものだった。口に含んだときに広がるほのかな甘味、鼻腔《びくう》に一番に染み入る焼酎としてのキレ、舌の上で貼り付きそうな後味はしかしサッパリと後腐れない。

これだ、と羽崎は瞼を閉じ、ふわりと口角が上がった。

「お味、大丈夫ですか？」

そんな羽崎の瞼へ、カウンターを挟んで立つ未咲が恐る恐る訊ねた。ハッと現実に引き戻されたような錯覚をして、まばたきを多く未咲へ視線を向ける。

「あ、ああ、うん。美味いよ」

「そうでしたか！　よかったぁ」

先程手渡されたキューブチョコレートのキャンディ状の包装を剥がしながら、未咲は安堵《あんど》の笑みを向けた。

「あの、羽崎さん」

「ん？」

「以前もお越しいただいたことがあるんですか？」

「え、ここに？」

「はい」

「どうして？」

「さっきこれがあるかをお訊ねのとき、『もうないよね？』って仰ったから。前来たときにはあったけど、って意味かと思って」

視線が指したのは、トウモロコシ焼酎の深緑色。包装からキューブチョコレートをつまみ上げた未咲は、小さな口へぽこんと放った。

あぁ、と曖昧にはにかんで、羽崎はロックグラスに口をつける。

「ネット検索で、この辺りでトウモロコシの焼酎が置いてある店を探したんだよ。そうしたらここがヒットしたってわけ」

「へぇ」

「だけど、そのサイトの最終更新が六年前だったんだよね。だから、『まだある？』って訊いたっていうネタバラシ」

「そういうことだったんですか」

おつまみの中からサラミを選び取って、羽崎もぽこんと口へ放った。

「羽崎さんはとってもキッチリしてますね」

「そんなことないよ。実は抜けててしっかりしてない、まあまあ残念な大人です」

自虐的にそうして笑むので、未咲は眉尻を下げながら烏龍茶を含んだ。

「未咲ちゃん、ご馳走さま。お勘定お願い」

「あ、はぁい。すみません羽崎さん、一度失礼しますね」

「うん」

そうして他の客に未咲が呼ばれ、羽崎に右横顔を向け去っていく。

「ん？」

それを見送りながら、羽崎は再び胃の辺りにジクリと疼く嫌悪感に眉間を寄せた。未咲の横顔が自らの心の底に押し込めた『何か』に触れて、呼び起こさせられるような、まるで不安感が迫るような。再び左拳で、疼くそこを擦ってみる。

「似てる、のか？」

無意識的に口から漏れ出たそれに、羽崎は息を呑んだ。ブンブンと頭を振って、言わなかったし聞かなかったことにしてしまう。

何を考えてんだか。「似てる」とか。つか、大体誰にだよ。そもそも「似てる」人間なんて、ごまんといる。あぁほら、最近の子は顔立ちの整った子が多いし、美人なんてザラなんだ。化粧とかも、あるだろうし。うん――。

そうして自らを嘲笑《ちょうしょう》する文言を並べ、頭に充たす。充たした負の言葉と共に、羽崎は注がれていたトウモロコシ焼酎をぐいーっと一気に飲み干す。

「………」

喉に熱い液体が滝のように通り過ぎ、鼻の奥がツンとアルコール臭さで充たされる。思わず眉間がきゅっと詰まる。さっきとは違うモヤモヤが胃の上を廻《まわ》る。それらを更に奥へと押し流したい一心で、羽崎は再びつまみの中からサラミやジャーキーを選び取り、ガサガサと手早く開封して次々に口の中へ放り込んだ。きちんと噛んで細かくし、三〇を数えて飲み込んでから、ロックグラスへきっちり指三本分の焼酎を自ら注ぐ。

「じゃあどうして俺はまた、酒なんて。居るわけでもないのに」

ゴト、と重たい音がカウンターに低く響く。酒瓶を多少乱暴に置いてしまったようだ。

「………」

このまま、まだ微塵も酒の効力など得られていないのにここへ突っ伏して眠ってしまえたなら。そうして眠って、目が覚めたその先があの日の続きだったなら——。

「ああ、手酌させちゃった。ごめんなさい」

俯けていたその頭部へ、降るように声がかかる。「えっ」と顔を上げると、目の前に未咲が戻っていた。まるでここにいることが当たり前であるかのように、キョトンとして烏龍茶のグラスを左手にしている。

「わざわざ、戻ってきたの？」

「え？　はい。『戴き物を飲み終えるまでは、戴いた方のお傍に』というのがハウスルールなので」

未咲はほんのりと柔らかく笑んで、そう告げた。羽崎は視線をロックグラスへ逸《そ》らし、「ハウスルール、ねぇ」と頬杖をつく。

この俺のところへ戻ってきてくれるなんて、なんて奇特な娘《こ》なんだ――羽崎は、未咲が戻ってきたことに安堵《あんど》している自分に驚き、戸惑った。目を白黒させ、グラスの底をコロコロと転がす。胸の内にひっそりと顔を出した『そいつ』には、必死に気が付かないふりをする。

「あ、あのでも、もしお邪魔とかなら下がるので、遠慮なく言ってください」

わたわたと早口で告げた未咲。その慌て方が思いのほか幼く、羽崎はクスリと久しぶりに素顔で笑えた。

「いや。さっきも言ったけど、今日は『誰か』と飲みたい気分だったからここに入ったんだ」

未咲へも自分へも言い聞かせるように、はっきりとそう説明し、羽崎はロックグラスを回す手を止める。

「よかったら、キミが忙しくなるまでもうしばらく傍に居てくれたりしない？　その、えぇと、ハウスルールが、切れても」

　未咲が戻ってきたことがシステム上の必然だったにしろ彼女の意思にしろ、『自分の元へ戻ってきてくれた』ことが羽崎は純粋に嬉しかった。年甲斐《としがい》もなく心が舞い上がり、不思議議であたたかな温度に身を委ねたくなる。気が付かないふりをしたばっかりの『そいつ』を、仕方がないとでもいうように、じわりじわりと受け入れてみる。

「は、はいっ！」

　似ているような気がする未咲が、頬を染め嬉しそうに笑んでくれるのなら、今日はこれでもよかったのかもしれない。羽崎は困ったように濃い眉をハの字に下げてから、ロックグラスを持ち上げた。


「今日はありがとう。結局かなり拘束しちゃってごめんね」

「いえ。私も楽しくお話できましたから」

　羽崎は一時間半をスナックゆきで過ごし、時計を気にして席を立った。

「俺が離さなかったせいで、キミがママさんに怒られたりしないかな？」

「大丈夫ですよ。規定に触れることはしてませんから。それに、だいぶ酔ってるだろうし」

遠い小幸ママを一瞥《いちべつ》する未咲。どんちゃん騒ぎのコの字型ボックス席で、カラオケを歌い上げるママの背中が上機嫌だった。小幸ママの上機嫌は、見ているだけで安心する。

「キミは毎日店にいるの？」

「いえ。学生なので週末だけです。お勉強させてもらってるんですよ」

羽崎から手渡された紙幣をレジにのせ、中から釣り銭を拾っていく。羽崎はその手元へ「勉強？」と訊ねた。

「社会勉強として、ここでお手伝いさせてもらってるんです。他の誰からでなく、どうしてもママのもとで接客を学びたくて」

「なるほどなぁ。未咲ちゃんもなかなか勤勉だね」

「そうですか？」

照れ笑いを向けながら、釣り銭を手渡す。

「またお邪魔しようかな、来週も」

「ほんとですか?!」

「うん。なんか、キミと話をしていると枯れた木がまた芽吹くようなさ、うん」

チャリチャリと小銭を掌で遊ばせつつ、長財布へしまう羽崎。

「ハハ、今のはちょーっとキザったらしかったなぁ」

「ふふっ、嬉しいお言葉戴けたから大丈夫です」

いくつかの咳払いで、羽崎は照れを誤魔化した。

「じゃあボトルタグ掛けていきません？」

「お、いいの？」

「ええ。来週も、同じの飲まれますよね？」

「そうだね。じゃあ、お願いしたいです」

「ふふ、はい」

レジ傍の引き出しから、六角形のボトルタグをひとつ取り出す。掌よりも小さなそれは、名前を書くために白いシールが貼られている。金色の細かなチェーンでボトルの首から下げておき、個々専用とする。

「漢字だと、『羽』と『根』と『山に奇』ですか？」

油性マジックの極細を取り出し丁寧に訊ねた未咲へ、羽崎は甘く首を振った。

「んーん、書くから貸してくれる？」

「あ、すみません」

「はい、気にしない、気にしない」

大きな背を丸め、小さなタグへペン先を滑らせる羽崎。時折小さくキュキュと鳴るペン先の音が、周囲のざわめきを縫って耳に近く残る。

「いやぁ。いつまで経っても直らない癖字だな、ハハハ」

照れ笑いながら返してきたボトルタグを、未咲は笑顔で受け取った。

そこに書かれた文字は、全体的に細長く、右に倒れていくような癖のあるものだった。さながら収穫前の稲穂のような倒れ方で、未咲は既視感《きしかん》に口を「あ」にする。

「この筆跡――」

お母さんのテキストに書いてあったあの文字と似てる――口にしてしまいそうになった『業務とは関係のないこと』を、瞬時に胸の内で留めた。

「――に、すごく似た字を書く人もいらっしゃいますよ」

「へえ、奇遇だなぁ」

向け直す笑みと共に、不自然でないよう言葉を変える。

「『羽崎』さん、なんですね」

「うん。音としてもあんまり居ない名字だろ」

「ですね」

「だから結構覚えてもらいやすいんだよねぇ、俺。未咲ちゃんも、覚えてくれた？」

「ふふっ、もちろんです」

カランとボトルへ、そのタグを下げる。焼酎ボトルの深緑色に金色のチェーンがよく映えた。

「じゃあおやすみ。よかったらまた来週も、よろしくね」

「ありがとうございました。お気を付けてお帰りください」

一九歳の最初の夜が、温かく優しいものになってよかった――未咲は羽崎の背を見送りながら自然に口角を上げることができた。


週の明けた四月八日から、専門学校が本格始動した。講義と同時に『就職活動について』の説明会まで行われ、未咲は「入ったばっかりの専門学校のことすら把握してないのに？」と、置き去りにされてしまった錯覚をした。出鼻を挫かれたようなカルチャーショックに目が眩み、またもや自信や期待に陰が落ちる。

「なるほどねぇ。まぁ、専門学校は二年間だものねぇ」

高校の頃と変わらず、この金曜日の放課後もまっすぐにスナックゆきへ寄った未咲。点けられたばかりのカウンター席上のペンダントライトが、そんな不安な気持ちを温かく迎えてくれているように思えて、真底まで息を吸い込むと一人きりでいるときよりも気が楽になった。

「冷静に考えたら、来年の今頃はもうガンガン就活始めてるんだよね？」

「すごいわねぇ、なんだかあっという間だわ」

「でも新入生が慣れるまでの二週間くらいは、講義に集中できるようにしてくれてもいいのにね」

「ふふっ、それに適応してしまうのが十代よ」

そんなもんかな、と不安を胃酸へ溶かすため烏龍茶で流し込む。

「待ちに待った講義はどうなのよ」

「うん。説明会が一段落したから課題が出たところ」

「あら、どんな課題？」

「生花一〇種類を好きに選んで、レポートみたいにするの。ひとつ大体原稿用紙一枚分に収めるだけだから、お母さんのテキスト借りたら楽勝だよ」

「ふふ、同じ職種ならではの利点ね。素敵なことよ」

グラスを拭く手を止め、小幸ママはうんうんと笑む。

「講義聞いてて思ったの。卒業後にどう役に立てるかを忘れないで、話を聞いたり調べたりしなくちゃ、って」

「そうね。早速まさに『生きるための勉強』じゃない」

「うんっ。それに内容もね、思ってたよりも深くて、実生活に近くて、理解から浸透《しんとう》までが早くて嬉しいんだよね」

　専門学校では、花自体のことはもちろん、色の組み合わせや、雑学、活用場面、デザインなど、多種多様に学ぶことが用意されている。最低限の一般教養もあるが、専門知識の山に胸は弾んだ。

「お母さんがキラキラしながらテキストに書き込んでた意味が、今ならとってもわかるよ」

「同じくらい、今の未咲ちゃんもキラキラしてると思うわ」

「へへ、だといいんだけど」

　小幸ママから手製の青椒肉絲《チンジャオロースー》入りのプラスチック製保存容器を受け取り、一旦自宅アパートへ戻る。夕食としてそれを味わい、支度を済ませて一七時半には再びスナックゆきへ向かう。金曜日のスナックの手伝いは、すっかり慣れたものだった。

「こんばんはー、いらっしゃいませ」

　その金曜日も二〇時半きっかりに、扉のカウベルがコロンコロンと鳴った。

「こんばんは、未咲ちゃん」

「羽崎さん！」

　控えめな姿勢で扉を開け入ってきたのは、羽崎だった。カウンターの未咲と目が合うなり、羽崎の頬から緊張感が抜ける。

「ホントにまた来てくださったんですね」

瞼を伏せ、まぁねと羽崎は未咲の促す席へ腰かけた。そこは、先週の金曜日と同じ、入口から数えて三番目のカウンター席。

「もう約束は絶対に破らないって決めてるからね。どんな小さな約束も、約束したなら必ず実行する。出来ない約束は、初めからしないことにしてるんだ」

コースター、おつまみ、おしぼりの三点セットを手早く用意し、未咲は羽崎へ関心の相槌を返す。

「なんか、とっても羽崎さんらしいですね」

「そう?」

「はい、なんとなく」

羽崎のネームタグを掛けた、あの深緑色のトウモロコシ焼酎の酒瓶を手に取る未咲。割り方を訊ね、前回と同じ「氷二、指三」が返ってくると、未咲はそれのとおりに丁寧に作ってみせた。

初々しくどこか危なっかしいように見える、幼い手つき。それが羽崎には懐かしくて苦しい。未咲の手先へ向けていた視線を、自らの斜め後ろのどんちゃん騒ぎへ向け、やがてクスと笑んだ。

「ここは、ママさんが楽しそうにしてるのがいいよね」

「ふふ、ありがとうございます」

「この雰囲気もなんとなく気に入ったからさ、今週も来ようって思ってね」

顔を戻しながら未咲へ告げると、目をまん丸に驚いた未咲が口を開いた。

「羽崎さんは、都会のずっとおしゃれなバーとかがお好みそうなイメージでした」

「え、そう？」

「はい。見た目もパシッとしてるし、スマートですし。物静かな方がお好きそうな」

「実は全然そんなことないんだけどな、ハハハ」

照れ笑いを隠しきれず、羽崎は口の端をいびつに曲げた。

ロックグラスへ注文どおりに注ぎ入れた焼酎を、未咲はそっと羽崎へ出す。

「お待たせしました」

「ありがと。今日も好きなの飲んだらいいよ」

「そんな。毎度毎度は申し訳ないです」

「いいからいいから」

羽崎のニカ、と笑んだ表情には敵わず、未咲は素直に甘えることにした。

膝元の小さな冷蔵庫から烏龍茶の瓶を一本取り出し、手元に並ぶ9オンスグラスをひとつカウンターへ置く。栓を抜く未咲の対面で、羽崎は前回と同じようにキューブチョコレートを二個つまみ上げ、差し向けた。それはまるで長年の決まりごとのようで、未咲も素直に受け取ることにする。

「社会勉強とはいえ、夜遅くまでバイトしてて、親御さん心配しない？」

「えっ」

吊っていた口角がギチ、と固まる。訊ねられたと同時に掌に置かれたキューブチョコレートが、小粒であるのにズンと重く感じた。

「ここ一応水商売だし、親御さんの理解があってすごいなぁと思ったんだよね」

この未咲の反応に気が付かなかった羽崎は、ロックグラスをコロコロとさせてから一口分それを喉へ流し、言葉を続ける。

「あぁもちろん、ママさんとの信頼関係があってのことだってのは重々わかってるし、水商売を悪いって言ってるわけじゃないよ」

「は、い。わかります」

弱く首肯を向けた未咲は、９オンスグラスへ烏龍茶を半量注いだ。その手が震えていたことに気が付き、落ち着けてから続きを注ごうと判断する。

「帰りは夜道だろう、お父さんとかのお迎えがあるの？」

「あー……」

口角だけうっすらと吊ったまま固まってしまう。生前の母を知らないお客さまへ、どこまで説明するのが適切なのかが測れない。

「えーっとですね」

ぐるぐると悩んだ挙げ句、未咲は搾りカスのような細い声で返した。

「私、親いないんですよ。どっちも」

羽崎を直視しなくてもいいように視線を俯ける未咲。「え」と彼が笑顔を消してしまった罪悪感から、概要説明の義務はあるなと考えた。

「母は、去年の今頃事故に遭って亡くなりました。父は生まれる前からいないです、名前も顔も生死すらも知りません」

細く小さく話す声と、震える呼吸が虚《むな》しさを呼んだ。心の中に、まるで冬の木枯しのように冷たく容赦なく入ってくる。

周りに血の繋がりの濃い人が『誰もいない』ことを、突然改めて認識してしまう。口にした途端の現実感にめまいがした。堪《こら》えたくてぐっと目を閉じ、大きく息を吸い込む。気丈に振る舞おうと努めて頬を緩め、羽崎を改めて臨む。

「それからは、一人暮らしなんです」

「ごっ、ごめん！」

がたん、と立ち上がった羽崎は、ぎょっと前のめりに声を裏返した。しかし荒立てたことで他の客の目を惹《ひ》いても、それはそれで未咲が困るに違いない。かけていた椅子へ腰を静かに戻し、羽崎は口を引き結んで言葉を詰まらせる。

「泣かせるつもりはなかったのに。ごめんな、デリカシーが無さすぎた」

「え？」

言われて初めて、未咲は涙を流してしまっていたことをようやく認識できた。右中指で触れたのは、右頬を流れ落ちる一筋。

「あっ、あの、ごめんなさい。涙なんて……」

「ううん、安易に俺なんかに話させせちゃって、ほんとにゴメン」

「違います、私が話したんです。気にしないでください」

右から左へと、慌てて左袖口でも頬を拭う未咲。

はたして、この娘《こ》はどんな思いをして生きてきたのだろう。まだ一八歳だった少女から、この世にただ一人の母親を奪うなんて。まして父親は居ないも同然だなんて
――そこまで考えた羽崎は、『親がいない』という点に特別な想いを抱いた。前回も疼《うず》いた胃の上が、またジクジクと鈍く痛む。思わずそこを押し込むように擦る。

「最近店内でも、母のことを話す人がいなかったんです。みんな、私に気を遣ってくれてて。私が悲しまないように、って話題に出さないんです、多分」

確証がないわけではなかったが、店内に居るとわかる雰囲気がある。察するにそういうことだろう、と未咲は考えていた。常連客のほとんどは、美冬のファンでもあったためだ。

「だから、久しぶりにここで母の話ができて、ちょっと嬉しいと思ったりしてるんです」

美冬が、未咲の心や記憶の中だけでなく『誰か』の記憶や思い出にも残っているとわかる。これがどれだけ嬉しいことか。母を想う気持ちを、小幸ママや都築、祖父母以外の誰かと共有出来ることに安心感を得た。

「キミのお母さんも、ここで働いてたの？」

「はい。私と同じように週末だけお手伝いとして。なんだかんだ一二年くらい」

そっか、と羽崎は小さく頷く。

「きっとキミに似た美人で、心の優しい人だったんだろうな」

「え？」

「キミを見てたら、お母さんがどうやってキミを育て上げたのかがわかるよ。きちんとした素敵なお母さんだったんだな、って」

そう言われて、未咲はふわっと母の笑顔を思い出した。

いつも向けてくれた満面のあの笑み。

「未咲！」と呼ぶ温かなあの声。

淡く仄かな甘いあの匂い。

「はい！」

羽崎の寄り添おうとする温かい言葉のひとつひとつに、未咲はそっと感謝した。

「ねぇ、未咲ちゃん」

「はい」

「参考までに、訊きたいんだけど」

「なんでしょうか」

しかし言い淀《よど》む羽崎は、気まずそうに視線を逸《そ》らした。

「父親のことは、知りたいもん？」

「え？」

「意図しない一人暮らしになってしまって、生死すらわからないお父さんを捜したり、会いたいなんて思ったりはするのかな、って思って」

ロックグラスに落とされた羽崎の視線は、何かを思い出しているかのように未咲には見えた。そしてそれはどこか濁り気のあるもので、突然目の前の羽崎に陰が落ちたような錯覚をする。

「…………」

未咲は返事に困った。

前回初めて逢い、今日がまだ二度目の会話なのに、どこまでを話せばいいかがわからない。本音そのものを言ってしまって気を悪くさせても困る。逆に、取り繕《つくろ》ったその場しのぎの回答は、いずれ自らの首を絞めかねない。

「正直言うと、親として男性が必要だと考えたことはありません」

烏龍茶の入った9オンスグラスを見つめていた未咲は、果てに前者をとることにした。

「私は父親がほしいわけじゃないです。お母さんの求めた人が、結局最期まで傍にいなかったことだけ、悲しくて寂しいとは思ってますが」

「キミはその人に、お母さんのために傍に居てほしいと思った、ってこと？」

「まぁ、そうですね」

相槌の声のトーンが無意識に低くなっていく。短く無音の嘆息《たんそく》を漏らし、羽崎へ真意を告げる。

「私は父親の役割がよくわかってないのもあるので、どう父親として頼ったらいいのかは、きっとずっとわからないと思うんです」

「それは、『最初から』居なかったから？」

「多分そうでしょうね。『途中で離婚』とかなら、もっと求めたのかもしれません。まぁそもそも、母がどういう経緯で離別したのか知らないので、最期まで本当に求めていたかはわかんないですけど」

口から滑り出ていく言葉は、不思議と本心しか残っていなかった。羽崎がそれを聞いてどう思うかなどを考えた答えではない。

「私は、お母さんと二人で慎ましくやっていただけで充分幸せだと思っていました。それ以上の幸せを、私は知らないんです」

怒っているわけでも優しいわけでもない、未咲の語り口調。それは思っていたよりも真っ直ぐに羽崎の混沌とした胃の上辺りへ入ってきた。モヤモヤと考えていたことに一閃《いっせん》加えられたような、霧がかる雲間をまっぷたつに割いたような。

「羽崎さんのご両親は、ご健在ですか？」

「え、あぁまぁ。父は今、入院してるけど」

「そうですか」

ようやく柔く口角を上げる未咲。烏龍茶でわずかに口腔内を湿らせ、すると声のトーンが元に戻った。

「羽崎さんは、ご両親をちゃんと大切になさってください。死に別れてから出来ることは、正直もう何もないんです」

曖昧な未咲のその表情は、後悔や切なさを含む笑顔だった。羽崎はコロコロ、とロックグラスの底を転がし、「そうだな」と深く重みある相槌で返した。

翌土曜日の一四時を回った頃。薄曇りの枝依東区は朝から肌寒く、一枚多く着込んで暖にくるまりながら、未咲は初めての課題に集中していた。

参考にしているのは、美冬の部屋の本棚に並ぶ専門書の数々。大層頼りになるそれらを一冊ずつ引き抜いてはパラパラと捲り、好みの花を規定数分選出した。花弁の鮮やかさが目に刺さるようで、写真であるのにどれもがとてもまばゆい。

「わあ、なにこれ！　参考になりそう！」

ブーケの作り方や、花の下処理の仕方、アレンジメントのバリエーションサンプルまでも載っているテキストは特に書き込みが多く、黙読していくだけで母と直接対話しているかのような心地よさを感じた。

「やっぱりお母さん、楽しそうだな」

美冬のやりきれなかったことは、本人の口から語られることがなかったがために明確にはわからない。しかし祖父母から聞いた『美冬の諦めてしまった夢』ならば、これからの未咲にも追いかけられる。

楽しそうな母の背を想い、いくつかのテキストを手に美冬の部屋を出た。

「あれ」

ダイニングテーブルに置いてあったスマートフォンが震えている。手に取り、表示している名前を見て、それを耳にあてがうやいなや声を弾ませる。

「もしもし、都築くん？」

『よう』

無料通話アプリを通じて、都築が電話をかけてきていた。メッセージはたまに交わしていたものの、電話をするのは初めてのこと。慣れない声の近さに未咲の声はうわずった。

「どうかした？」

『お前、今家か？』

「うん。課題やってたの」

『そうか。邪魔したか？』

「ううん、集中切れてたから平気」

気にしないで、と声で笑むと、都築はまた『そうか』と返した。この相槌には安堵が含まれているとわかって、未咲もそれに気持ちがつられる。

『渡したいものあるんだ。家の前まで行ってもいいか』

「渡したいもの？　今から？」

『ん。すぐ済む。俺、今バス停ンとこにいる』

「わかった。じゃあ下降りてるよ」

『ん。お前の家の方に向かって歩きだした』

「はぁい。待っててるね」

　プツリと通話を切り、視線を服装へやる。完全に部屋着であった未咲は、ひとまず見せられるような格好へと着替えを済ませた。コート掛けにあったスプリングコートに袖を通し、玄関を出る。

　外階段をタンタンと下りていき、その先で冷たい春風が西側から吹いた。花の匂いを纏《まと》ったその風は、未咲の寝癖を散らして抜けていく。手櫛《てぐし》で整えているうちに都築が見えて、出迎えに小走りになった。

「都築くん、おかえり」

「なっ?! おぁ、たっ」

　完全に不意をつかれた都築。ぎゅっと眉間を寄せ、首の後ろへ手をやり、視線を明後日の方向へやる。消えるように「……ただいま」と呟けば、向かい合った未咲は満足そうに無垢《むく》の白い笑みを向けた。

「お、お前なぁ。誰彼構わず言ってんじゃないだろうな」

「何が？」

　きょとんと首を甘く捻る未咲。都築は二ミリだけ顔面を歪め、「いや、いい」と首を振った。本当にわかってないのだろうなと、長年の勘で察し、深呼吸を静かに挟む。

「あの。これ、お前に渡そうと思って」

左手に持っていた小さな紙袋を未咲へ差し出す都築。短い謝辞と共に受け取ったそれはわずかに重く、中身はわからない。

「『俺からお前に』だからな」

「え？　うん」

視線がかち合って、すると「待たれているのでは」と過った未咲は、顎を引いて訊ねる。

「えっと。今開けても、いい？」

くるりと半身を捻り、未咲から顔を背け、都築は再び首の後ろへ手をやった。それは未咲もよく知る、都築の照れのサイン。

「えっ、あ、まぁ。……うん」

紙袋の中身を優しく取り出せば、柔らかそうな淡い黄色の布地の円筒形の包みが出てきた。都築を窺いながらオレンジの地色のギンガムチェックのリボンをそっと解き、包みの口を開く。

取り出したそれは、二〇センチ高のふわりと柔らかなピンクのウサギのぬいぐるみ。それがプリザーブドフラワーのミニブーケを抱えているので、未咲は頬をポワッと紅く染めた。

「かわいいっ！　どうしたの、これ？」

「ほ、ホントは先週渡せれば良かったんだけど、遅れた」

「先週？」

「誕生日、お前。四月三日」

「あ……」

未咲は息を呑んだ。照れから、ミニブーケへ視線を落とす。

それは、白いミニバラとピンクのガーベラで纏《まと》められたわずか三本の花束。花と花の隙間は細長いヤブランの葉で埋まっている。全体的にまるみを帯びたその雰囲気に、未咲の胸はキュウと締め付けられた。

「覚えてて、くれてたの？」

「あ、あぁ。まぁ、な」

鼻の奥がジワリとする。嬉しさのあまり涙になりそうで、一度鼻呼吸をして気配を揉み消す。

「ありがとう、都築くん」

思わず細い声になってしまった、謝辞の言葉。ぬいぐるみを抱き締める手に優しく力がこもる。

こんなにも柔らかなものに触れたのはいつ振りだろう。決して貧乏だったわけではないが、母が自分のために切り詰めてくれているとわかった九歳の頃から、未咲は値段にかかわらず玩具のひとつもねだらなくなった。ぬいぐるみなど、現在はひとつも持っていない。

ぬいぐるみに顔を埋めたまま黙りこくってしまった未咲を覗き込むように、そろりそろりと上半身を傾ける都築。

「ど、どうした？」

「……ううん！」

柔らかく自然な笑みを都築へ向ける。

「すごく嬉しくて、なんか泣きそうになっちゃって」

そうして、未咲の『悪意ゼロの上目遣い』が向いたので、都築はギッと、まるでブリキが軋《きし》んだかのように固まった。胃の辺りから跳ね上がるような緊張感が都築を覆うが、微塵も見せてなるものかと、再び未咲からその身ごと逸《そ》らす。それはもう後ろを向いているに近い。

「お、お前に、似てると思って、なんかその、目に留まった。それ」

「そうなの？　ふふ、ありがと」

「よ、喜んでもらえたんなら、いい」

都築には自分がこんなにファンシーに見えているのだろうか、と未咲はその思考に至った彼を可愛らしく思えた。

「すっ、すぐそこだけど、お、送る……」

まだ昼過ぎだというのに、歩む道にすれ違う人は居ない。横並びになった未咲のウェッジソールパンプスと都築のスニーカーの遅い音だけが、耳に近く入ってくる。帰りをためらうように歩を進めながら、未咲はぬいぐるみを丁寧に元のようにしまった。

「せ、専門、どうだよ？　始まったばっかだけど」

「二年間だから、早速就活の話があってビックリしたところ」

「あー、即戦力とか実践に意識を繋げたいんだろうな、学校側は」

「都築くんの分析力は本当にすごいねぇ。私絶対に敵わないよ」

「お前、人一倍ニブチンだしな」

「そかな」

「そうだ」

「都築くんは？　大学どう？」

「それなりに、だな。将来的な方向が似たヤツが集まってるから話がスムーズだ」

「なんかわかるよ、それ」

　都築はフ、と口角を一ミリ上げる。

「対人関係、大丈夫？」

「まあ。高校まではコミュニティ作る必要もないから、気は楽だな。それなりに大人だし、いろんなことリセットされたっつぅか」

「そっか。入学早々孤立させられてなくてよかった」

「お前は？」

「右に同じです」

「じゃ、その。あれは」

「あれ？」

　ピタリと止まる都築。一歩先で振り返る未咲は、頭上にハテナをひとつ浮かべる。

「かっ、つ、付き合ってる奴、は、いるのか」

「え、ええっ?!」

　訊く側としても訊かれる側としても、ボンと首から上を赤く染める。都築の相変わらずの真顔が、見たことのない緊張を滲ませていた。柔和させたい一心で、未咲はいびつに笑んで返す。

「な、なに、急に？」

「別に、『急』じゃない」

　きゅ、と眉を寄せた都築は、自らの『理性』と定めている『無表情』を貫こうと奮闘している。つゆとも知らない未咲は、答えを待たれていることに焦り、つかえながらも早口で答えていく。

「い、いないよ。もともと友達だって、そんなにいないのに。勉強と、生活していくことで、精一杯だし。そ、そんなの、夢のまた夢ですぅ」

「そ、そう、か」

「じゃ、じゃあ都築くんは？」

　口を尖らせた未咲は、反撃とばかりに都築の顔を覗き込んだ。

「背も高いし、結構カッコいいし、都築くんを怖いって思わない女の子から、その、おモテになるのでは？」

「別にモテたりしない」

　呑気な未咲の発言を、都築はピシャリと一蹴する。

「あと俺、ガキの頃から決めてるヤツがいるから。だから他のヤツに時間も気持ちも割く気はさらさらないし、言われたところで揺らがない」

「そ、そう、だったんだ。その人には伝えてみないの？」

　純粋なハテナが返ってくることがもどかしい都築は、嘆息《たんそく》に言葉を乗せた。

「本当に何年経っても変わってないな、お前」

「え、なんのこと？」

そうして眉を寄せる未咲だからこそ愛おしいと思ったのも、また都築の密やかな真実。

「俺が中学の卒業式のときに言ったこと、覚えてるか？」

「え？　あぁ、えっと、『同じ学校に行けなくなる』って言った、あの都築くんらしくない泣き言のこと？」

「……俺が言いたいのはそこよりもう少し先だし、あれは泣き言じゃなかったんだが」

残念そうに肩を落とした都築の耳が、徐々に赤くなって熱を帯びていく。

あの日――中学校を卒業したその帰り際。
美冬と未咲は、二人並んで校門前で写真を撮ろうとキョロキョロしていた。たまたまそこへ、帰宅の途につく都築が一人横切る。気さくな美冬は「おーい、都築くん！」と声を張り、カメラのシャッターを押すようにこやかに頼んだ。都築は二つ返事で美冬からデジタルカメラを受け取り、満面の笑みの母娘へ向けてシャッターを押す。

「うんうん、よく撮れてる。私も美人に写ってるし、未咲もかんわいいー。都築くん上手いね」

「そうスか」

デジタルカメラの画面を覗き込む美冬は、照れる都築の高い左肩をポンポンと叩いた。

「小学校からずぅっと、未咲と仲良くしてくれてありがとね」

「ウス」

「ねぇねぇ。次は都築くんと未咲で撮らせてよ、私の思い出」

「どうして『お母さんの』思い出なの？」

「いいからいいいから。将来的なアレよ」

「は？」

「さあさ、ほーら並んでっ」

そうしてぐいぐいと強制的に追いやられた二人。思春期らしくぎこちない一人分の間隔を空け並び立つ。

「ついにお前と同じ学校に行けなくなるな」

カメラを向けられながら、都築は小さく未咲だけに聞こえるように呟いた。「え？」と見上げる未咲を察し、しかしカメラを向いたまま都築の言葉は続く。

「四月からは、学校行ってもお前がそこに居ないなんて、俺にとって五本指に入るくらいの寂しいことだ」

「……都築、くん？」

カメラを向いたままの横顔は、憂うような寂寞《せきばく》に染まっていた。見たことのない大人びた都築の顔色に驚いて、未咲は黒目がちな双眸《そうぼう》を真ん丸に見開く。すぐに向こうから美冬が「こっち向いてぇー」と声をかけてくるので、未咲は慌てて前を向き直る。

「俺は、灯をずっと忘れないからな」

「う、ん。私も……」


――じゃあこれかな、と未咲はぼんやりとその顛末《てんまつ》を思い出した。苦い顔をしていた都築はひとつ咳払いを挟み、低く言葉を捻《ひね》り出す。

「俺はあの時言ったように、たとえ高校が別々でも、お前のことマジで忘れたことなかった」

「お、幼なじみだもん。私もちゃんと、覚えてたよ」

「んー、いや。そういう意味じゃない。『そう』じゃない」

伸びてきた五分刈りをザリザリと掻き、都築はズンと半歩詰め寄った。

「え？　じゃどういう意味だったの？」

　身長差で未咲の顎が急角度に上向く。その曇りなき眼《まなこ》で見上げられると、都築の『無表情』など簡単に吹っ飛んでしまいそうになる。

「あの意味、本気でわかんなかったのか？」

「え？　中学よりも友達が増えても、変わらず仲良しでいてくれるってことかな、と、思ってたけど……」

「お前……」

　ぽかりと開いた口が塞がらない。やがて吐き出た深い溜め息と共に、目を閉じガクンとうなだれる都築。春風が「ドンマイ」とでも言っているかのように、都築の頬を触り去っていく。「そうだ、こういうヤツだった」と、用意していた言葉をガラガラ引き下げ、困ったような表情をする未咲を改めて見つめた。

「もういい。照れだの恥だのは棄てる、もうはっきり言う。そうしないと絶対一生伝わらないいんだ、ニブチンのお前には」

「だから、別に鈍くないよ私」

「だったら、俺がガキの頃からずっとお前しか見てないことくらい、とっくに気付いてるはずだ」

「……へ？」

目を閉じ、ふぅーっと長く一息を吐ききって、気持ちを切り替える都築。未咲をきちんと見つめ返し、ガツと目の前の細い両肩を掴む。

「わ！」

「俺はっ、お前のことが恋愛感情で好きだ。小三の頃から、ずっと」

「え、ずっ、ええっ?!」

「高校で離れてわかったけど、俺、お前と話してたり近くにいてもらえると、なんかその、気持ちが救われる」

意図せず孤立しがちだった都築にとって、周囲の目や態度を少しも気にしない未咲は、家族外での拠り所だった。

自分のわかりにくい表情の機微を丁寧かつ正確に読み取り、その上でストレスフリーに接してくれる、同じ歳の『他人』。向けられる未咲の無垢な笑顔に心が穏やかになり、やがて常に自らがそれを引き出したいという欲が出てきた。その感情を恋と呼ぶのだと都築が理解したのは、中学生になる手前だった。

「初恋拗《こじ》らせてんのは厄介だってわかってる。でも、何年経とうとお前を諦められない」

「は……あ、あの、ええ?!」

互いに鼓動が激しい。目の前のまなざしから視線が外せない。緊張と興奮とで震えさえおきる。未咲は、なかば夢見心地な告白に混乱していた。

　パッと肩から両手を離し、くるりと未咲に半分背を向け、都築は歩いてきた方向を遠く眺める。

「去年の九月にあっちのバス停で偶然会えて、嬉しかった。進路で悩んでるお前の力になれて、嬉しかった」

　それは私も同じ、と出かかって、しかし未咲は声にならなかった。口があんぐりと開いたまま顎が震えている。

「美冬さん亡くして心細くしてるお前の力になりたいとも思った」

「あ……」

　その名を出されて、未咲は胸の奥の方がぎゅうとつねられるように感じた。くしゃりと表情が歪む。全身が火照っていたはずなのに、その温度が急に引いたことに気が付く。

「ワリィ。美冬さんの一周忌だってまだ終わってないのに、俺の感情押し付けて」

「う、ううん」

「でも、焦《じ》れてる間、かなり体力要るってのも、本音でだな」

「う、ん」

「ワリィ、いつも勝手で」

交わすごとに声が小さくなっていき、頭を俯け合う。

「俺が、お前とは友達なんかで終わるつもりがさらさらないこと、ちゃんと知っておいてくれ。混乱してるお前の心に今すぐ土足で入り込みたいと思ってるわけじゃないんだが、何年経っても『知られてない』『気付かれない』ってのが、ちと、もう限界」

かすかな呼吸音が、このときばかりは耳に貼りつく。なのに、目の前に立つ都築との距離が遥かに遠いような気もする。

「今から、俺のことちゃんと意識してくれ。友達なんかよりも上のレベルで」

いつもの都築よりも強い言葉だった。寄り添う彼ではなく、もっと我を出した恐らく本来の彼自身の言葉。

「他に気にしてるヤツとか居るなら、さすがに痛々しいから身を退くけど」

「いっ、居ないよ！　さっきも言ったけど、いろんな気持ちにまだ、その、余裕なくて」

言い切ってしまってから、未咲は手先が震えていることに気が付いた。都築と合わせている視線を慌てて外し、俯く。

「そうか、よかった」

ゆっくりと深呼吸を挟み、二ミリだけ目尻を細めた。

「ううん……」

「じゃあ俺は今後、お前にいい返事が貰えるような行動をする。大っぴらに」

「お、大っぴら?!」

「あぁ」

ガバッと顔を上げると、真っ赤な都築が見下ろしていた。

「さすがに美冬さんの代わりが全部務まるとは思ってないんだが、お前が寂しいと思う隙が無くなるように、可能な限りお前のためになりたいし、共有したいと思ってる」

「な、なんでそこまで……」

「何度も言うが、お前が傍にいてくれることが、俺にとってはいつも救いでしかなかった。だから同じようにお前にも返したいし、できればその、同じように、想ってもらえたらっつう努力、っていうか」

真摯に未咲を見つめ、震える唇を懸命に動かしている。彼も緊張しているんだ、と未咲は急に俯瞰視した。

「だから、またすぐ連絡する。飯誘ったり、出掛けたりとかの連絡」

「それ、って」

「二人だけの時間のための、連絡」

「ふたっ……」

デートじゃん、と未咲は目の前がくらんくらんと揺れた。

「迷惑なら言え。遠慮しないで『ちゃんと』だ。俺は惰性で向き合いたくない」

そうして横顔で「お前に対してだけは、な」と言われてしまうと、未咲の脳ミソは複数箇所でドカンドカンと爆発したようだった。

「だから、もうしばらく待つ。お、お前の気持ちが、俺に追い付くまで」

「う、ご、ごめん……」

「謝らなくていい。その代わり、れっ、恋愛感情で、俺に対するお前の気持ちが見えたら、応えるか振るかの返事くれ。いいか？」

「はっ、はい」

「正直、あんま長くは待てないぞ」

「え」

「既にその、一〇年我慢してるから……わ、わかれっ、もう」

「うう、は、はい」

本当は、そうして立ち竦む未咲を、すぐに潰さんとするほど抱き締めてしまいたい
――都築はその想いを伏せ、胸の奥で握り潰し、もう少しだけ口角を上げることに精を出す。

「なぁ。花のこと、勉強し始めたんだよな？」

「うえ？　う、うん」

「そのうち花言葉とかも、講義でやるんだろ？」

「え、ま、まぁ、多分？」

その首肯に、ピッと長く骨ばった人差し指で、先程渡したぬいぐるみの袋を指す。

「がっ、学校でやってもやらなくても、どっちでもいいんだが。とっ、とりあえず今帰ったら、自分で調べてみろ。そのプ、プリド、なんだ……まぁそれの花言葉だけ、とりあえず、手始めに」

耳を赤く染め、都築はまなざしを細くした。そんな彼に眩しさを覚えながら、未咲はハの字眉で小さくひとつ首肯を向ける。

「いい加減、格好つかないし、家の前だし、帰る」

「う、うん」

「また」

静かに「じゃ」と手の甲を向けた都築の背中を、未咲はぼーっと見送った。へなへな、とその場にしゃがみこんでしまう。

「ううーっ、どうしよう……」

想像以上に顔を真っ赤に火照らせた未咲は、両掌で顔を覆った。

バラは愛と美の象徴。それよりも小さい花であるミニバラも同じ。古くから気持ちを伝えるために用いられた花の代表格。

〈ミニバラ（白）の花言葉〉
・清らかな愛　・心からの尊敬
・相思相愛　・清純　・純粋

帰宅し、すぐに美冬の部屋の『花言葉辞典』へ手を伸ばした未咲。火照ったその手でページを捲っていき、ミニバラの箇所を恐る恐る黙読していって驚いた。

「な、なん……」

はたして都築は、この言葉のうちどれを当てはめ贈ってくれたのだろう――都合のいい答えばかりが脳内を占めていく。

「気持ちを、伝えるために」

抜粋し呟くと、都築の真一文字の口元が思い浮かんだ。ボンと赤くなることは、もう今後絶対に回避できない。

「ガ、ガーベラ、ガーベラ」

ガーベラは、たくさんの花言葉をもつ植物のひとつ。様々な色や形をした陽気なガーベラが、その場にいる人たちの気持ちを明るくさせることにちなんで、『希望』や『常に前進』という花言葉が生まれた。

〈ガーベラ（ピンク）の花言葉〉

・思いやり　・熱愛　・崇高美　・童心にかえる

俺はっ、灯を恋愛感情で好きだ。小三の頃からずっと——『童心』の文字に、都築の熱のこもったあの言葉を思い出す。

「『ずっと』って」

未咲はそっと本を閉じ、元のように本棚へしまった。ハァと溜め息が出ると、胸の奥でチクチクとする感触を味わう。それはなかなか退いてはくれない。

好きだと言われて嬉しくないはずがないのに、いやに重く、責任感がつきまとう。彼のことは確かに好きだが、彼の示したそれとの圧倒的な差に、粘り気の強い背徳感がベッタリと貼り付いた。

ダイニングテーブルに置いたままの、都築から贈られたぬいぐるみ。それを再び包装から取り出し、抱き上げてみる。

「『恋愛感情で』だなんて、考えたことがなかった」

このピンクのうさぎが未咲に見えた理由の芯を想うと、なんとも無垢で、幼く映る。きゅっとぬいぐるみを強く抱くと、やがて一筋だけ涙が溢《こぼ》れた。


その夜、二〇時半。コロンコロンとスナックゆきのカウベルが鳴り、カウンター内で洗い物をしていた小幸ママがそちらへ顔を向けた。

「こんば——あらぁ、羽崎さん」

「どうも」

羽崎は小さく会釈をして、「ここいいです？」と太く骨ばった左人差し指を向けた。

「ええ」と首肯を返した小幸ママは、羽崎の示す入口から三番目の席へ、おつまみ・コースター・おしぼりの三点セットを用意する。

「連日お越しくださって、ありがとうございます」

「いやあ、本当は金曜だけって決めてたんですけどね。今日はちょっと、急遽っていうか」

丸まったおしぼりを広げ、羽崎へ向ける小幸ママ。小さな会釈をした羽崎は空いていた右隣に何かを置き、それからおしぼりを受け取った。

「俺の名前、ママさんも覚えてくださったんですか」

「もちろん。お客様情報の共有は大切なことよ」

「ハハハ、そうですね」

「キープしてあるもの、飲まれます？」

「あぁ、はい」

羽崎が「ふぅ」とひと息ついたのを見て、小幸ママは背面の棚から羽崎のネームタグが下がるトウモロコシ焼酎のボトルを取り出す。

「飲み方はロックだったかしら」

「よくわかりますね」

目を丸くし驚く羽崎へ、フフフと口元へ手をやった。

「情報共有よう。それに、たとえ遠くからでも、お客さまのお飲み物くらいは覚えるようにしてるの。まぁ、職業病よねぇ」

「すごいな。プロ根性ですね」

例のコの字型のどんちゃん騒ぎ席を一瞥《いちべつ》する小幸ママの視線を追い、羽崎もそちらを振り返り見る。珍しく、そこの中心に未咲がいた。

「割り方のご指定は？」

訊ねられ、我に返り顔を戻す。

「ああ、氷二の指三で、って言えばわかります？」

「ふふ、かしこまりました」

カラカラン、とカウンターの向こうで氷の音がすると、まばたきの速度でロックグラスに入れられた焼酎が出てきた。それは音もなくコースターへ置かれ、羽崎は片眉を上げる。

「ごめんなさいね。珍しく常連のお客さん達に捕まってるのよ、今日」

ボトルまでも音を鳴らさず置いた小幸ママは、柔い声色で説明した。羽崎はハテナを浮かべ、対面の小幸ママと視線を合わせる。

「未咲ちゃんにお話があっていらしたんでしょう？」

「えっ。あぁ、まぁ」

出来上がったグラスの中身へ視線を溶かし、「まぁ、そうか」と困ったように口角を上げる。

「昨日のお詫びとお礼も兼ねて、かな」

「ご安心なさって、お話の内容までは共有外なの。だから私は何も聞いてないわ」

「そう、ですか」

「ちょっとだけ深刻そうな内容だったたってのは、雰囲気でわかってしまったの。そこだけはお許しくださいね」

「それは仕方がないってわかるので。さすがにそんなところで怒ったりはしませんよ」

「ふふ、恐れ入ります」

羽崎が再びチラリとボックス席へ視線をやるので、小幸ママは目尻にシワを寄せて提案した。

「今お呼びしますから、ちょっとお待ちになってね」

「あ、いえ。待ちますから」

「でも『それ』、ナマモノですものねぇ」

羽崎の右隣の椅子を凝視して、小幸ママは頬に手を当てた。ビクリとし、右隣の物に視線を移す羽崎。やがて照れ困ったように首の後ろへ手をやって、苦笑を漏らした。

「ママさんはやっぱりプロですね。本当によく気が付く」

カウンターからは『それ』が死角になっているため見えるわけがない。それでも、小幸ママにはきちんと何なのかが見え、わかっていた。

「じゃあ、あと五分ほどお待ちいただける？　その間にあの集団から自力で抜けられなさそうなら、助け船を出しますから」

「はい、すみません」

優しく笑んだ小幸ママは、軽い会釈の後で数歩分横移動をし、洗い物を始めた。

「…………」

小幸ママの作ったロックの酒をチビチビと飲み、おつまみ皿からキューブチョコレートだけを避け、ロックグラスの近くに置く。やはりサラミやジャーキーを選り好んでは、時折口へ放り込む。

「五分、か」

独りごちたそれは、誰にも聞かれることなく後方のガヤガヤに踏まれてしまう。カラカラと氷がグラスで回り、やがてもやもやとアルコールと混ざる。

あのときに切り別れたのが、金曜日。

会社帰りの、あの秋の金曜日。

だから金曜日だけに通うことを決めて、しかし謝罪はすぐにでも行いたくて――。

瞼を伏せ、更にそれを固く閉ざす。瞼の奥で涙がじわりと眼球を濡らすのがわかる。薄く開けたそれで右横をチラリとし、下唇をひと舐めする。

年甲斐もなく、どうやら緊張しているようだ。『これ』を渡すと決めて持って来たのに、渡した後の反応が怖い。ポジティブな反応が返ってくることを期待しているはずなのに、押し寄せてくるネガティブに瞬く間に消されてしまう。小さな自分自身を鼻で嗤《わら》うと同時に、カウンターの向こうから大きな声が上がった。

「未咲ちゃあーん、お飲み物頂戴してしまったわ！」

いつの間にか小幸ママが羽崎の向かいに立ち、そう声を張り上げていた。目を丸くした羽崎の後ろのどんちゃん騒ぎの中心から、「はぁい！」と求めていた声が上がる。そろりそろりとそちらを向けば、ハの字眉にした未咲がひょいと顔を出した。

「ええー、未咲ちゃあーん、もう少し居てよォ！」

「そうだよう。おっちゃんおばちゃんたちばっかりじゃイヤかもしんないけどさァ、なぁ！」

手招きや、今にもその腕を掴まんとする沢山の腕を上手くかわし、未咲はコの字席に向かって会釈をした。

「あはは、ごめんなさい、ママのハウスルールは絶対ですから」

「んもう。未咲ちゃんも上手くなってきたなァ」

「確かに。ママの言うことは絶対だもんなぁ！　ハッハッ」

「そうですよ。じゃあ、引き続き楽しんでくださいね」

小さく手を振る未咲は、「じゃーねー」と声を揃えた常連客に背を向ける。彼らの笑い声や手を叩く音、重低音のカラオケのメロディから高い氷の音までを聴きながら、未咲はようやくカウンターへ戻ってきた。

未咲とすれ違うようにして、小幸ママはカウンターを出る。その耳にかろうじて届くくらいの音量にまで声を絞り、小幸ママは早口で呟く。

「羽崎さんがお待ちよ。『頂戴したお飲み物』は私からだから気にしないで。羽崎さんにもナイショね」

未咲が「えっ」と訊き返したときには既に、小幸ママはコの字席へ身体も意識も向けていた。

「もうっ、私の悪口は許さないわよう！」

どんちゃん騒ぎのコの字席へ、そうして跳ねるように入っていった小幸ママは、たったその一声で席をどっと沸かせる。やっぱりプロはすごい、と未咲は痛感した。

「ごめんなさい、お待たせしちゃってたみたいで」

「いや、ママさんには気を遣ってもらっちゃったんだよね？　多分」

困ったように後頭部を掻いた羽崎。

「飲み物頂戴したっていう体で、私を逃がしてくれたみたいです」

「なるほど、そういうこと」

「でも本音は、ママもあっちで飲みたかったんだと思います」

未咲はそうして、羽崎の左斜め後ろのどんちゃん騒ぎを柔く眺める。人と人の合間から見える、楽しそうな小幸ママの笑顔。振り返り見た羽崎も「なるほど」と口角を上げた。

「あ。ホントに貰っておかないと、ママに何言われるかわかりませんね」

未咲は膝元の冷蔵庫から、烏龍茶の瓶を取り出そうとしゃがむ。このタイミングだ、と羽崎は右隣のそれを腕に抱えた。

「あーっと、未咲ちゃん」

「はい」

烏龍茶の瓶を片手に立ち上がる未咲。まばたきをする前に、その目の前にふわっと淡い薄紅色の景色が目の前を満たした。

「わあっ」

思わず目も口もまんまるにして、肩を縮み上げる。

それは、淡いピンクに色付いた、やや咲きのコスモス。かなりの量が束になって、羽崎に抱えられている。

「昨日泣かせちゃったお詫びと、話聞いてくれたお礼に。良かったら、貰ってくれる？」

羽崎は席から立ち上がり、それを未咲に両手で差し出している。徐々に耳が熱くなるのを羽崎は感じ取り、俯きそうになるのをグッと堪えた。こんなことで照れるのは不格好で、年齢的にもかなり子ども染みている。羽崎は下唇を甘く噛む。

未咲は手にしていた烏龍茶の瓶をカウンターに置き、上半身を乗り出すようにしてその花束を受け取った。

「ありがとうございます」

謝辞を合図に、羽崎は椅子へと腰掛け直した。じっとりと手汗が滲んでいたことに、きゅーっと恥ずかしさが舞い戻る。

驚きが退かない未咲は、腕の中に収まりきらないその花束をじっと見つめていた。

四〇本はあるであろうコスモスは、所々に白いものも濃いものも数本混ざっている。そのために、最も多い薄紅色に全体が統一されているように見える。

花束は、薄紫の柔らかい布地の和紙状包装紙に包まれていた。花の合間からは鮮やかな緑も覗き、茎や葉がかなりしゃんとしていることがわかる。

その根元は、きちんと水気を含んだ『オアシス』という緑色の固スポンジとアルミ箔に包まれていることが、触った感触のみで読み取れる。

隅々にまで丁寧な処理が施されている。これはプロの仕事だ、と覚《さと》った。

「花束になったコスモスなんて、初めて見ました」

素敵、と優しく呟く。ふわっとコスモスの香りが鼻先を触って鼻腔へ淡く消える。

「これね、毎年春と秋に実家の庭で群生するやつなんだ」

「えっ、ご実家で沢山咲くんですか？」

「うん。手間暇かけて世話したわけじゃないんだけど、気候的に咲かさるんだよな」

「さかさる」

耳馴れないその言葉の意味を『咲いてしまう』ではと推測して補完する。普段は鈍感すぎる未咲なのに、こういう細かいところはなぜか勘が冴えた。

「羽崎さんのご実家って、北のご出身の方なんですね？」

「お、よくわかったね。うん、そうだよ、北海道」

「北海道！」

「だからトウモロコシの焼酎。『とうきび焼酎』って、ホントはいうんだけどね」

へぇ、と未咲は興味をそそられ、がくがくと頷いて耳を傾けた。

「でも、いつ北海道からこれを？」

「引っ越しの荷物と一緒に昨日送ってもらったんだ。俺、先月の末に転職でこっちに来たばっかりでさ」

「そうだったんですか」

なるほどと笑む未咲は、花束へ視線を落とした。

「ありがとうございます、すごく嬉しいです」

紅潮した未咲の頬を見て、小さくよかったと呟く羽崎。瞬間的に眠ってしまえそうなほどの安心感に包まれる。

「せっかくの包装だけど、解いて水に浸けてあげた方がいいですよね？」

「じゃあ、下の部分だけ取れるようにしてあるから、貸してみ」

もう一度花束が羽崎の手に渡る。羽崎は、慣れた手つきで根元の部分の包装を外し、剥き出たオアシスとアルミ箔を丁寧に剥ぎ取った。バックヤードから持ってきたバケツに薄く水を張り、未咲は受け取ったコスモスをその中に立て掛ける。バケツは未咲の足元へ置かれた。

「これ、帰るときにそのまま付けていけるから、取っておいてね」

剥ぎ取った部分を未咲へ手渡す。花の根元にそのまま戻せるように、羽崎が更に手を加えていた。

「すごい、羽崎さんよくこんなこと出来ますね」

触れると、柔らかい心地が伝わる薄紫色の和紙状包装紙と内側のアルミ箔に感心する。照れ笑いのように、羽崎はとうとう口元を覆った。

「いやあ、まぁ昔、花屋でバイトしてたことがあるから。花束を作るのは息吸って吐くのと大差ないんだ。これ花束にしたのも俺だし」

「えっ?! 羽崎さん、お花屋さんにいらしたんですか?」

「昔ね、昔。二〇年くらい前の話だよ」

「でも奇遇です! 私、お花関係の専門学校に通ってるんですよ」

「ええっ、そうなの?!」

「はいっ。あ、じゃあ早速なんですけど」

顎を引き、喉の前で両手の指を甘く絡《から》める未咲。

「いま課題の内容でちょっと悩んでて。よかったらお知恵お借りできますか?」

「ハハ、俺で力になれるならなんでも聞くけど、はたして若い女の子の好みに合わせられるかなぁ」

焼酎が喉の奥へ軽やかに転がっていく。表情を明るくした未咲は、「あのですねっ」と食い気味に言葉を向けた。

「来月ドライフラワーの実習があって、そのドライにした花を最終的にアレンジメントにする予定なんです。でも、その案の段階でつまずいてて」

「ふんふん」

「例えば、ただの壁掛けにするのはなんだか単純すぎて面白くないし。だからって、他の何かにするにも閃きが足りなくて」

「なるほど、そうだなぁ」

引き出しがほぼないであろう未咲の現状に気が付き、羽崎は経験のなかからアイディアを挙げていく。

「単純だけど、『瓶に入れる』『リースにする』あたりは鉄板だよね」

「瓶なら、かわいい瓶探しからですかね」

「うん、いいね。瓶と花の大きさによっては、長くはみ出して飾るのもアレンジの幅が広がっていいかもしれない。孔雀の尾羽みたいな」

「そっか、ドライにした花にもよりますよねぇ。魅せ方をそれに合わせて考えないと、か」

「うんうん」

アイディアが擦り合わされ、頭の中で具現化し、具体案となっていく。

「あと、ガラスフレームなんてどうかな」

「ガラスフレーム？」

「写真立ての中身に、写真じゃなくてドライを入れるんだ。立体絵画みたいで頑張りがいはあるんじゃないかな」

「へぇ、想像しただけでも素敵です！」

9オンスグラスに口をつけ、すると半分が無くなった。それを眺めながら、羽崎はどこか自信のなさそうな声色で提案する。

「あとは『ブーケ』……かな」

「ブーケ」

「うん、ドライブーケ。例えば、そのコスモスなんかを、さ」

視線が、実際には見えない未咲の足元のコスモスへ注がれる。つられて足元へ鼻先を向けた未咲は、感心の首肯を重ねて顎に手をやった。

「元は花束だったものを、もう一度花束にするんですね」

「う、うん」

速くなっていく鼓動が耳に貼り付いたせいで、視線が俯いたままピタリと動作が止まる。

「それにします！」

くるりと、肩よりもわずかに長い黒髪を翻《ひるがえ》し、未咲は爽やかに笑んだ。目を丸くした羽崎は、まるで仰け反るように顎を引く。

「別種類のお花も少し加えて、コスモスのドライブーケを作ります」

「ほ、ほんとに?」

「あっ、ごめんなさい。せっかく貰ったばっかりの生花、ドライにするとか言っちゃって」

「いやあ、課題に使ってくれるなら大歓迎だよ。気ィ遣わないで」

よかった、と無垢に頬を染めた未咲に、羽崎もつられて頬が緩む。あからさまではない溜め息で、気持ちが落ち着いていくのを感じた。

「ドライにするまでまだしばらくあるので、それまでは大事に保ちますね」

「未咲ちゃんなら、一日でも永く咲かせられそうな気がするな」

「ふふっ! 頑張ります」

スナックゆきでの手伝いを終え、コスモスの花束を大切に持ち帰った未咲。まずそれを大きな花瓶へ移し、ダイニングテーブルへ飾った。うち数本を引き抜き、適度に短くして母の遺影の隣へ飾る。

「今日ね、お客さんから貰ったんだよ。コスモスを花束にするなんてちょっと変わってるけど、だからこそ素敵だよね」

ウエディングドレスの美冬は、晴れやかに笑むばかり。その笑顔に、不意にある考えが浮かぶ。

　この写真の頃には、母も恋などをしていたのだろうか。どんな風に悩み、どんな風に解決していったのだろうか。親にも娘《私》にも言えないような秘密を、抱えていたりしたのだろうか――。

　母が生きていたとして、はたして未咲は都築のことを話せただろうかと疑問に思う。頬を染め、独りで逡巡《しゅんじゅん》するも、すぐに答えは出るわけもなく。

「あのねお母さん。この一年でね、いろんなことがあったんだよ」

　母を知りたくて、母の背を追う日々。しかしわからないことがむしろ増えていく。

「ねぇ、教えてもらいたいことたくさんあるよ」

　そうして話せど、応える母はもういない。

「訊きたいことも、たくさんあるの」

　コスモスは、傷ひとつなく咲ききろうとしている。


「時間になったので終わりまーす。じゃあ金曜日までにデザイン画を仕上げて、一旦提出してくださーい」

　講師の声がよく通ると、プチンと集中が切れた未咲は慌てて顔を上げた。

「うそ、もう終わり？」

土曜日の夜に羽崎の助力でアイディアを構築し、日曜日から火曜日まで時間があったにもかかわらず、水曜日のこの日の九〇分の講義内で課題が終わらなかった。授業内に課題が終わらないなど、義務教育時代から無かったことで、戸惑いは更に未咲の思考を散漫にする。

「時間、たくさんあったはずなのに……」

途切れがちの集中の原因は、都築からの告白にある。彼が『悪い』わけではないのに、思考が全て上滑るのは『あのせいだ』と理由付けてしまう。すぐにちゃんとした返事ができない私が良くないだけなのに――歯痒い自分に眉を寄せた未咲は、頬杖をつきやれやれと首を振った。

見計らったかのように、スマートフォンが激しく震え始めた。思わずビクッと肩を縮み上げ、伏せていた頭を持ち上げる。慌てて右脚のポケットからそれを取り出せば、見えた画面に『都築くん』の文字。いつものように無料通話アプリを通して電話がかかってきている。

「もっ、もしもし！」

『よ』

「どっ、どど、どうしたのっ?!」

告白を受けて以来の都築の声に、無条件にボンと赤くなる。

『フッ、声ガチガチすぎ』

「だっ、だって、なんとなく、その」

『まぁ、うん。お前まだ講義あるか？』

「え、う、ううん。今日の分が、終わったところ」

『そっか。丁度だったな』

わずかに都築の声が嬉しそうだとわかり、照れと恥ずかしさにきゅっと目を瞑《つむ》る。

『昼飯行かないか。すぐそこの駅の西口改札で待ち合わせ』

「こ、これから？」

『もちろん。今一二時半だからな。世間一般は昼飯だろ』

そうだけど、と言葉を濁してしまう。

「つ、都築くんは、今日の分の講義全部終わったの？」

『あぁ。奇跡的に同じだな』

「なっ、きっ」

どうしてわざわざそんな言い方するんだろう、と未咲は真っ赤にするところが無くなるくらいに顔から首からキューーッと染まる。

『俺、これから出ても大体一五分かからないくらいで着くからな』

「わ、わかったっ」

『じゃ、後で』

「うっ、うん」

一〇秒の間があってから、電話はプツリ切れた。長く長く溜め息をつき、未咲は顔を両掌で覆う。

「恋愛感情が、一番難しいと思う」

ぼやいた未咲の独り言は、誰もいなくなった教室に溶けてあっさりと消えた。

都築のことは、幼い頃からよい友達だと思っていた。べったりにも疎遠にもならない丁度よい距離感。それはたとえば、目が合って笑みを向け合うだけで互いの調子が確認し合えるような関係。

高校三年間ですっかり離れている間、確かにぽかりと穴が空いたような感覚はあったが、それがピタリと当てはまるのが都築だったかは未咲にはわからない。それよりも明らかに大きな都築の感情を目の当たりにして、同じ大きさが返せるとも思えなかった。

種類の違う『好意』に悩むなど、無縁だと思っていた。もっとずっと『先』のことなのかとさえ思っていたし、そもそも都築への『好意』は恋愛感情なのかすらも、未咲の理解は追いついていない。

「はあ……」

西大学街駅西口ロータリーは、それなりに広く開けている。五年程前に綺麗に工事されると、ロータリーを囲うように居酒屋や立ち食い蕎麦屋、パチンコ店にカラオケ店などが並んだ。ロータリーに縦列する三～五台のタクシーは、入れ代わりで常に客を待っている。昼食時ということもあり、人波が朝の忙《せわ》しなさと似ていた。

答えに辿り着ける気がしない考えをもやもやと廻《めぐ》らせながら、一五分後にその西大学街駅西口にもじもじと辿り着いた未咲。屋根のある駅西入口は入ってすぐに改札があり、未咲は改札前の極めて邪魔にならなさそうなところで立ち止まった。くるりと見渡せど、都築の姿が見当たらない。早く着いてしまったか、とポケットからスマートフォンを取り出す。連絡もまだない。

今まで、彼とはどんな顔をして会っていただろう。そしてこれからは、どんな顔をして会えばいいのだろう。未咲は、緊張と不安とが混じった浅い呼吸のまま、口を真横に結んでいた。

「――あれ、未咲ちゃん？」

改札へ入ろうとする黒いスーツの男性と偶然目が合った。襟足を高く耳辺りまで刈り上げ、頭頂部の黒い短髪をマットなワックスで横に流すように整えている。年齢に似合わずコロンとした愛らしい瞳と、狭いひたいが印象的なその男性。

「えっ、羽崎さん？」

目が合った彼――羽崎は、改札へ入るのをやめ、未咲へにこやかに近寄ってきた。

「びっくりした。あれ？　ここ東区じゃないよね？」

「えぇ？　違いますよう」

「こんなとこで何してんの？」

「学校終わったので、これからお昼に行こうかなって」

言いながら、未咲は今まで引き結んでいた口元から一気に緊張が解け、自然な笑みになれた。吸った空気は全身に渡るようで、ホーッと肩の力も抜ける。

「誰かと待ち合わせ？」

「はい。えと、友達、と」

ゴニョゴニョと言い淀み、しかし羽崎は然《さ》して気にする様子もない。にこやかに「ふうん」と未咲を眺めている。

「羽崎さんは？」

「俺も昼飯。営業一緒にまわってたアイツらに、奢ってやりに行くとこ」

改札の向こうで三人の男女が「羽崎さぁーん」と呼んでいる姿が見えた。「あれね」と肩を落としつつ苦笑いする羽崎につられて、頬が緩む。

「こんな遠いところまで、よく来たね」

「フフ、子どもみたいに言わないでください。私、そこの専門学校に通ってるんです」

「えっ、西区まで毎日来てるの?!」

「はい。慣れれば平気ですよ」

言ってなかったな、と未咲は眉をハの字にした。

「そっかー。あ、あの課題はどう?」

「デザインに落とし込むのが進み悪くて、ちょっとしょげてたところです」

「ハハ、大丈夫大丈夫。最終的には作品として出来上がればいいんだから、デザインラフでつまずいたって大ー丈夫」

ぽんぽん、と羽崎から左肩を叩かれる。大きく厚みある掌が温かい。

「ブーケ持つ人のことを考えて描いてみな。きっと上手くいくよ」

酒の席とはまた違う笑い方をした羽崎。そのニカッと明るい笑みに、不意に既視感を抱く。

あれ?　誰かに似てる気がする——ぼんやりと思い浮かべるも、明確に誰かまではわからない。思わずじっと羽崎を見つめてしまったが、やがて「何やってるんだろう、私」と口元に笑みを残したまま目を伏せた。

「羽崎すわーん、行きましょーよう」

「おーう、ワリーワリー」

振り返り、後輩らへ声を張る羽崎。そのボリュームに『普段の羽崎』を垣間見、当たり前のことだが彼にも日常があることを認識する。

「あの、ありがとうございます、焦らず取り組みます」

「うん、頑張ってね。じゃ、また金曜日に」

「はい、また」

改札へ入った羽崎が大きく手を振る。未咲は胸元で軽く振って目尻を狭めた。

「──よう」

「わあっ！」

すっかり羽崎が見えなくなり、改札へ背を向けようとした瞬間。間髪容れずに未咲の耳の後ろからバリトンボイスが響き、飛び上がるように振り返ってしまった。

「つっ、都築くん！」

都築が見下ろすように立っていた。しかしいつもよりもどこか不機嫌そうで、細い目元がどことなく陰っている。

「も、もう、びっくりした……急にだもんなぁ」

「随分楽しそうだったな」

「え？」

「今のスーツの。知り合いか？」

　そうして徐々に眉が寄っていく。その低い声色の理由がわからない未咲は、努めて明るく答えていく。

「あぁ、ママのお店のお客さんだよ。偶然会ったから声かけてくれたの」

「へぇ」

「私三月から、お母さんを倣《なら》ってママのお店の手伝い始めたの」

「ふぅん」

「隣に座ったりとかそういうのは全然ないから、普通の接客と同じだよ。大体、何かある前にママが守ってくれるし」

「ふぅん」

「人付き合い上手くないかもと思ったから、それの訓練を兼ねてるの」

「へぇ」

　頷くのは、端的なその声のみ。都築の不機嫌な雰囲気は緩和されるどころか増幅していく。眉をハの字に、未咲はきゅっと俯いた。

『水商売』ということで、スナックゆきを印象悪く思われたくない。働こうと思った理由が多数あることを、きちんと都築にも知ってもらいたい。そうジワリと思った未咲は、都築ならば本心の底の部分までわかってくれると賭け、小さく「あのね」と付け加える。

「お金くらい自分で、とも思って、自分で決めて始めたことなの」

ピク、と一ミリだけ右眉を上げた都築。

「お母さんが亡くなってまだ一年なのに出費が止まらないから、ちょっとでもなんとかしたくて」

震える声色を落ち着けようと、か細い深呼吸をひとつする。

「当たり前の話なんだけど、お母さんがせっかく貯めてくれたお金がどんどん減ってくの。お母さんが節制してた努力、全部無駄にしてるみたいに感じてきちゃって、苦しくて、怖くなって」

「………」

「私も何か出来ないかと思って、始めたのも理由のひとつなの」

自らが稼ぎ手になるまでは無駄な出費を抑えなければ、と未咲は財布を固くしていた。一生懸命遣り繰りするも、美冬の方が二枚も三枚も上手《うわて》で、そこに日々悩んでいたことは未咲だけの秘密だった。

学費や生活費以外の贅沢事には一円たりとも遣っていない。髪は自分で切り、服や靴も買わない。外食や流行りのスイーツには目を向けない。まして、祖父母にねだることなども一切しない。

都築は、あのぬいぐるみを受け取り抱き締めた未咲の反応にようやく合点がいった。

「灯、俺別に怒ってるわけじゃない」

「え？」

「お前のそういう、責任感とか適応力とか自主的な行動力は、昔からすごいと思ってる。足掻いて頑張るお前は、立派すぎるとも思う」

口腔内で「そんなこと……」と残し、俯く未咲。褒められたくてやっているわけではないが、しかし都築の認めてくれる言葉は素直に嬉しいと思える。

「俺はお前のそういうところをずっと見てきて、惹《ひ》かれてるわけだからな」

「惹《ひ》か――いや、その、あ、ありがと」

「だから、スナックでバイトしてることはなんとも思ってない。逆によく頑張ってるなと思う、出来ることあれば手伝えるから俺も頼れ、とも思ってる」

都築の言葉が止まらず、顔を真っ赤に俯けた視線をそろりそろりと上げていく未咲。いつもと変わらぬ真顔で未咲を見つめていた。

「お前がニブチンだからちゃんと言うって言ったろ。だからこれも、ちゃんと教える」

「『これ』？」

「嫉妬心ってわかるか」

「やきもちのこと」

「それ」

「は？」

「だから、嫉妬心。さっきスーツのあの客と喋ってたろ、『楽しそうに』」

「『楽しそうに』って、普通に話してただけだよ？」

「だから、嫉妬心だって。お、俺は、多分――」

ぎゅ、と眉間を詰め、都築は左掌で口元を覆う。

「――ど、独占欲も、強くてだな」

「独っ、占？」

「お前が、その、お、俺以外の男、と『楽しそうに』話するのが、腹立つっていうか、だな」

耐えきれなくなった都築はまばたきが少ない。口元を覆っていた手を首の後ろにやり、くるりと背を向けてしまった。伝染した未咲も呼吸を忘れるほどに固まる。

「ガキの頃から、お前が誰かと楽しそうに話すことに嫉妬してた。だからわざと割って入ったりしたこともある、いつもお前は気付かないけど」

「うう……」

「誰かと仲良くしてて良かったなと思うが、同時に……その、嫉妬心の方が、勝るときも多くて、だな」

『独占欲』という言葉が、じわりじわりと徐々に重く未咲にのし掛かる。嬉しい反面、戸惑いも大きい。恋愛感情とはこういうことか、と気恥ずかしさに震えた。

都築が、自分を独占したいだなんて――『欲』の言葉は、やはり未咲を過剰にドキリとさせる。

他人からしてみれば、重たげな言葉だったかもしれない都築の『欲』の本音。しかし未咲は、誰かにそうして想ってもらえることが嬉しいと思えた。ほだされたわけではなく、グラリ、ゴトリと未咲の奥で何かが動く。

「正直、お前が水商売《スナック》でバイトしてるのが気にならないわけじゃない。でも、お前が安心して頑張れる場所で、美冬さんの背中追ってるなら、俺はしっかり応援する」

言いながら未咲の目の前まで歩み寄った都築は、右手で未咲の左手を柔らかくさらった。咄嗟に「わっ」と声が漏れる。好意を伴って触れられたことで、未咲の全身に緊張が廻《まわ》り、心臓の音が近く速く感じられる。

「じゃあ、もうこの話は終了。次だ」

『握る』というよりも『包む』の方がしっくりくるほど大きな掌。長さのある骨張った指と関節。

甲羅のようにゴツゴツとした手の甲。

どうやら離すつもりはしばらくないようで、そのまま未咲を一瞥《いちべつ》もせず、改札に背を向け二歩先を歩み行く。

「飯行くぞ」

「えっ、ど、どこに？」

なかば引きずられるように、手を引かれるまま足を動かす未咲。

「どこでもいい。お前の食いたいもの食いに行く」

「へ？　都築くんが何か食べたいのあったんじゃないの？」

「いや？　俺は別になんでもいい。お前と一緒の時間が過ごせれば俺は大満足」

「満、足って……」

横顔で振り返る都築は、フ、とようやく口角を三ミリ上げた。顔も首も真っ赤にした未咲を見ると、いつもの真顔を保てるわけもなく。

「お前がそうして困る顔見んの、やっぱりいいな」

「なっ、何、なんで、どういうこと？」

クスッと更に目を細め、正面を向き直る。

「これはわからなくていい」

呆気にとられた未咲は、都築の反応に困惑していた。やっぱり恋愛感情が一番難しい――未咲は再びその言葉を頭に浮かべ、悶々と悩んだ。

枝依市の花が終わる、四月末日金曜日。美冬の一周忌を迎えた未咲は、すべてが忌引扱いとなり、専門学校も夜のスナックでの手伝いもこの日ばかりは休むことになった。

朝から、北区在住の祖父母が未咲の家へ訪ねて来て、お供え用の花束を手に祖父の車へ乗り、墓参りへと向かう。その後で昼食を共にしながら近況報告をし、やがて穏やかに夕方を迎えた。一八時半頃には自宅アパートへ送ってもらい、祖父母が車で帰ってしまうと、鞄の中でスマートフォンが震えた。このタイミングの良さ、一人しかいない――無意識に心臓が跳ね上がる。画面をろくに確認もしないままそれに出て、すると声が裏返った。

「もっ、もしもしっ」

声を調えるため、咳払いをひとつ。左耳に当てた小さなスピーカーからクス、と聴こえてしまい、笑われてしまったようだと覚《さと》った。

『あ、俺、都築』

「う、ん」

『お前、今家に居るか？』

「えっ、ど、どうして」

『いや、その。花』

ビクリと肩が硬直した。あのプリザーブドフラワーのことでは、と目を見開く。

ピンクのウサギのぬいぐるみが抱いているガーベラとミニバラのプリザーブドフラワーは、込められた想いが格別すぎる。それが目に入る度に持て余すようなドキドキが止まない。都築にとっては「狙いどおり」なわけだが、未咲にとっては毎度生きた心地がしない。二週間は経っているがゆえにそろそろ返事を求められるのでは、と未咲はつい生唾を呑んだ。

「はっな、花っ」

『美冬さんに、花渡したいと思って』

「え」

『今日だろ、命日。一周忌』

耳の火照りが一気に退き、「あぁ」と生返事になってしまった。自身の自惚れに気が付き、思わず下唇を甘く噛む。

都築の気持ちが、全てくまなく自分へ注がれているのではと思い込んでいたことを自覚してしまった。自意識過剰にも節度がある、と未咲は気恥ずかしさで下顎のラインが痒くなる。

「う、うん。今お墓参りから帰ってきたところなの」

都築は何でもないように「そうか」と相槌を返した。

『俺今ターミナル駅なんだ。今からそっち行ってもいいか？』

「も、もちろん」

『ん。小一時間で着く』

「うん、ありがとう」

『じゃ、後で』

「都築くん。車、気を付けてね」

『あぁ。サンキュ』

プツリと電話を切る。未咲は盛大な溜め息をついた。

母のことであんなにも満ちていた毎日が、都築の告白によってこんなにもガラリと変わったのだと改めて自覚する。

都築の声を聴き、安心している。しかしこれは、今までの安心感とは種類が違うような気がする。都築の優しさが、心がズキズキするほどに嬉しいと思う。しかしこれは、どんな種類の『嬉しい』なのだろうか。

思考が感情に完全に置いていかれていた。告白を戸惑っていた自分は何処へ行けばいいのやら——未咲はぐるぐるとわからなくなる。

立ち竦んでいても仕方がないので、未咲はアパートの外階段を上った。鍵を開け、部屋の空気を吸い込むと、ザワザワしていた心も次第に落ち着きを取り戻していった。

「そ、掃除しとこうかな、ちょっとだけ」


同日、一九時。スナックゆきの扉がコロンコロンと鳴った。

「あら、羽崎さん」

「こんばんは。かなり早く来ちゃいました」

後頭部を掻きながらそうして照れ笑いをする羽崎。

「よろしいのよ、一八時から開いてるんですから」

いつもの席に腰かける羽崎へ、小幸ママは流れるように三点セットを出す。

この時点で、カウンターに客はまだいない。羽崎の背後の小さなボックス席で、初老の男性二人が仲良く飲みながら会話を交わしているだけだ。キョロキョロと辺りを見回した羽崎は、きょとんと目の前の小幸ママへ訊ねる。

「あの、未咲ちゃんは休みですか?」

「え、ええ。ちょっと今日は、ご実家のご用事がね」

説明がたどたどしくなってしまった小幸ママだったが、然《さ》して気にも留めなかったようで、羽崎は「そうですか」と純粋に残念そうにした。

小幸ママは変わらず優しく笑んでいるが、未咲のそれとはやはり種類が違うと羽崎は思う。笑みがぎこちなくなってしまうのは、目の前の人物が未咲ではないからか。

「どうなさいます？」

「え」

「このまま飲んでいかれます？」

「も、もちろん。酒飲みに、来てるんですから」

小幸ママは敢えて「そうね」と小首を傾げて微笑み、羽崎のボトルタグの付いたトウモロコシ焼酎を棚から出した。

「いつものでよろしい？」

「はい」

ボトルをカウンターへ音もなく置き、ロックグラスへ氷を二個入れる。

「このトウモロコシのお酒、どこでお知りになったの？」

「地元の北海道で親が飲んでたので、それで」

「あぁ、なるほどねぇ」

「あと、これしか酒飲めないんですよ、俺」

目を上げ、小幸ママは羽崎のコースターへと音もなくロックグラスを置く。

「戒めかなにか、かしら」

「まぁそれもあるんですけど……他の酒で悪い酔い方したトラウマもあるんで、他のは飲む気にならないんです」

軽い会釈を挟み、ロックグラスを持ち上げる。毎度のことながら、その透明度に羽崎は目が眩む想いをしている。

「ホントは、もう二度と酒なんか飲むもんかって思ってたんですけどね。ちょっとこの酒がこんな近場にあるってわかっただけで、いろいろ懐かしくなっちゃって」

なるほどね、と小さな相槌を挟む小幸ママ。

「このお酒に特別な思い出が詰まっているから、こうして飲んで懐かしく想ってらっしゃると。それならわざわざこんな珍しいお酒の意味もわかるわね」

「もしかして怪しい奴だと思ってました？　俺のこと」

「ふふ、そうじゃないわ。前にここでお手伝いしてくれてた女の子が、このお酒を注文する人をずっと待っていたから」

「へえ」

「不思議なものね。求めていたときには何年も現れないのに、あの娘《こ》が居なくなってからこうして注文が来るんですもの」

「ハハ。別に『俺を』求めているわけじゃないから、その方がここにいらしたとしても空振りだったでしょうね」

「わからないわ。あの娘《こ》が誰を捜していたのか、私は詳しくは聞いてないもの。口の堅い頑固な娘《こ》だったし」

　意地悪く、小幸ママはニタリと笑んだ。羽崎もつられてアハハと笑みが漏れる。

　コロンコロン、と扉のカウベルが鳴り、客が数人入ってきた。

「あらみんな、いらっしゃい」

「ママぁ、奥のところいい？」

「ええ、どうぞ」

　コの字型ボックス席の常連客ではないが、彼らもまた通い馴れている素振りでカウンターの奥の三席へ陣取る。

「では羽崎さん、一旦失礼しますわね」

「はい。ママさんと話せて楽しかったです」

「ふふ、よかったわ。もしお話相手が必要でしたら、お気軽に呼んでくださいね」

　スナックゆきは、そうしてこの日も変わらずガヤガヤとし始める。

一九時一三分。インターホンを合図に玄関へ急ぐ未咲に足音がパタパタと鳴る。

「い、いらっしゃいっ」

「ウス」

開けた先に、濃いグレーのジップアップパーカーを着た都築が立っていた。約束どおりに小一時間——約四五分程度でやってきた。顔を見ただけで、未咲はボンと赤くなる。

「どっどーぞっ、上がって？」

裏返る声をなんとか抑え、そうして声を絞り出す。都築の変わらない表情が読めず、緊張で唇が震えることまで制御できない。

「いや、ここまでで」

「え」

「言ったろ。俺は家に上がらない……いや、上がれない、か」

言葉の意味が未咲にはやはり不透明で、甘く首を傾げる。

「だから美冬さんの代わりにお前に渡して、今日は帰る」

都築は、小脇に抱えていた花束をガサガサと前へ持ってくる。呆気に取られた未咲は「ありがとう」とまばたきを多くし、それに目をやった。

差し出された花束は、全体が白いもので統一された一品《ひとしな》。メインの白ユリは五分咲きで、その周りは白いトルコキキョウと白いカスミソウで縁取られている。

「美冬さんに仏花じゃあんまりだからな」

「お母さんに見合うものを選んでくれたの？」

そっと受け取りながら、未咲は花から顔を上げ、食い入るように訊ねた。

「ま、まぁその。なんとなくだ」

左掌で口元を覆う都築。慌てて視線を逸《そ》らす。

「美冬さんは若いし、華やかで、明るいし。受け取った美冬さんが、どう反応するかだけ考えてたっていうか」

「そっか」
フ、と目尻を細め、囁くように未咲は謝辞を溢す。
「ありがとう。都築くん、ほんとに優しいね」

「ふつっ……普通、だ、別に」

「ふふ」

ユリの甘く淑やかな薫りが、母のようだなと淡く思う。記憶の向こうで美冬が「未咲！」と微笑み呼ぶ声がするような。

「あの、灯」

「ん？」

「今日は、『美冬さんと』ちゃんと過ごさなきゃダメな日だ。思い出にちゃんと浸れ。泣きたきゃちゃんと泣け。いいか」

都築の言葉に、きゅ、と口を一文字に頷く。

「泣くのに『誰か』が必要なら傍に居ようかとも思ったけど、それは俺じゃまだ、ダメだから、その」

ゴニョゴニョと言葉を濁しつつ、赤くなっていく都築。未咲はやはりその意味がわからず、「そう?」と曖昧に頷いておいた。

「強い言い方して、ワリィ」

「ううん、そんなの全然」

逸《そ》らしていた顔を、都築はそっと戻す。

「俺の意見でお前が拘束されるのはおかしいから、違うと思ったらちゃんと言えな。前も言ったが、遠慮が一番ダメだ」

未咲を案ずるそのまなざし。胃の上の奥でキュウと何かが縮む。

「ありがと。でも、私も都築くんの言うとおりだと思うから」

「なぁ」

「うん?」

「明日暇か?」

「え、うん。朝から暇だよ」

「じゃあ昼空けとけ」

「昼?」

「昼飯どっか食い行って、なんかどっか出掛ける」

「なっ、どっ、で?!」

「……ダメか?」

「ダメじゃ、ない、けどっ」

「じゃあ決まり」

「ゆ、夕方から、スナックのお手伝いあるから、それまでには、帰らないとっ」

「フ、わかってる」

都築は二ミリ口角を上げる。

「一二時、ターミナル駅のバスロータリーでいいか」

「わ、わかった」

デートだ、と未咲は生唾を呑んだ。明日の話であるにもかかわらず、まるでこれから出掛けるかのような心地に膝がカクカクとする。

「美冬さんの顔も見ないわ、手も合わさないわで、ワリィ」

「う、ううん。お母さん、お花絶対喜ぶ」

頬を染めた未咲が淡く笑めば、都築は言葉を詰まらせ耳を赤くし咳払いを挟んだ。

「じゃ、明日、また」

「うん」

扉を閉めようと、一歩下がる都築。

「車に気を付けて帰ってね」

未咲のその身を案じるための一言は、美冬が死した交通事故が起因していることは、言うまでもない。

「…………」

三秒間未咲を見つめ、都築は一度視線を足元へ落とす。逡巡《しゅんじゅん》の末にもう一度距離を詰め、右足のかかとをストッパー代わりに扉を足先の幅分開けておく。開けておかなければ自分の理性など簡単に飛んでしまうだろう、とわかっているためだ。

「サンキュ。お前が心配してくれるから、俺はお前の前から居なくならないように気を付けられる」

都築はそっと目尻を三ミリ狭めた。右手の指先で、未咲の左頬に触れてみる。

「う、うん……」

呼吸を止めるように胸を詰まらせ、黒目がちなその目を見開き、柔く下唇を噛んで固まってしまった未咲。

指先が触れた頬は、きめ細かくさらさらとしていて温かい。触れた箇所だけが緊張でジリジリとしている。吸い付くような感触に、思わず引き寄せ抱き潰してしまいたくなる。理性が働いているうちに、と都築は惜しむ手を無理矢理引っ込め、三歩下がって扉の外へ。

「家着いたら、連絡する」

「うっ、ん……」

パタンと静かに閉めた都築の足音を聞き送り、その場で脱力する未咲。指先が顔に触れられただけなのに、未咲の足はすっかり竦んでしまっていた。

「ずるい、都築くん」

一九時二〇分、スナックゆき。

羽崎の真後ろのボックス席で飲み交わしていた客らが退店し、その後片付けを小幸ママが行っていた。

店奥のカウンター三席では、競馬に勝った男と競艇で負けた男と借金を完済した男が、ワイワイと実の無い話をしながら飲んでいる。その他に客は羽崎のみ。店内が賑わいだすのは二〇時頃からだと、その三人組が話す内容から羽崎はわかり得た。

未咲の姿がないだけで、こんなにも酒の味が変わるものかと驚く。まだ、ロックグラスに注がれた半量も減っていない。

羽崎が唯一飲むことができるトウモロコシの焼酎を置いている店など、地元以外にはそう無い。運命的な何かすら感じる。しかし酒なんかよりも、実は未咲の声を、笑みを、間近でそれも一秒でも早く聴きたい見たいと願ってやまない。

どことなく、『彼女』に似ている未咲。あの純粋なまなざしで見つめられると、自分の穢《きたな》さや矮小《わいしょう》さがまざまざとわかってしまう。そんなことはこれ以上わかりたくもない。もう既に充分わかっていることだ。

しかし同時に、未咲の傍に居られる間だけは、凝り固まった低い自己評価の位置が不思議と押し上がる。ふわりとどこかが軽くなるような、言い表しにくい不思議な感覚にくるまれるような。

この感覚に中毒になりつつある羽崎は、それゆえに毎週金曜日に通っているに相応しい。週に一度の決まりごとのように未咲の声が聴きたい、微笑みが見たい――それはまるで、敬虔《けいけん》なクリスチャンが毎週日曜の朝に教会へ礼拝に行くように。

羽崎はそんなことを、チビチビと飲みながら考えていた。

「ママぁ、未咲ちゃん今日なんで休みなんだよ?」

カウンター三席で話をしていた三人組の借金完済男が、片付けを終えた小幸ママへ訊ねる。なんとなく自然と羽崎の耳にも入ってしまい、思わず集中をそちらへ傾けてしまう。考えることはみんな同じか、と羽崎はひっそりと笑んだ。

「一周忌なのよ、今日。だから休ませたの」

カウンター内へ戻る小幸ママは、嘆息に乗せてそう答えた。小さく残念そうに「あぁ……」と納得している三人組。未咲の身内かつ彼らも知っている人物の一周忌なのか、と羽崎はロックグラスの底をコロコロと転がした。

「一周忌、か。そうかァ……」

「『まだ一年』なのか、『あっちゅうまの一年』だったのか」

「だなぁ」

頭をもたげたり酒をあおるなどしながら、三人組はそれぞれに一周忌のその人へと思い馳せ始める。

「可哀想になぁ、未咲ちゃん。オレ、あんっなに仲のいい母娘《おやこ》、他に知らねぇよォ」

競馬勝ち男が「ううっ」と涙ぐむ声を漏らす。

「せめてよォ、美冬ちゃんが残した宝をみぃんなで大事にしてやんなきゃよォ」

「わちゃぁー、まぁた始まった」

「んもう、またですか？」

小幸ママは世話のやける子どもをあやすかのように、肩を竦め、競馬勝ち男へおしぼりを追加で手渡す。

「だってよォ！　未咲ちゃんは、スナックゆきのみんなの孫みたいなもんだからよォ！」

「あー、そうだなぁ」

競艇負け男がしみじみと同意しながら、お湯割り甲類焼酎を啜《すす》る。

「ずうーっと一人で頑張ってるだろ、美冬ちゃんが死んじまってから。母ちゃんの背中追っかけてここで働いたり、花屋ンなろうとしてたりよ」

「まぁそうさな。オヤジも居ねぇ、母ちゃんも居ねぇじゃ、いくらなんでも可哀想だ」

「オヤジなんか、どこの誰だか未咲ちゃんですら知らねンだろ？」

「美冬ちゃん口カテェから」

「ハァアー。オレ、もう未咲ちゃんに不幸が起こるの見てらんねぇよ」

「それはお前さんだけじゃねぇよう」

「ママだってそうだろ？　美冬ちゃんの代わりに未咲ちゃんを見守ってやってんだろ？」

「代わりにってほどでもないわ、悲しいかな私は所詮他人ですからね。他人が出来ることは限られるけれど、その出来る限り最大をあの子にやっているだけよ」

「ハァー、今日も美冬ちゃんが居なくて心細い夜を過ごすんかなぁ。可哀想になァ……」

「オレらに出来ることは、せめてここでは寂しい想いをさせねぇでやることくれぇかァ」

「いつまでもそうやって泣いてると、そろそろ美冬ちゃんが怒りますよ？」

「おう、そーだそーだ。美冬ちゃんおっかねぇかんなぁ」

「ぶはは、確かに。『美人は怒らすとこンえぇぞー』って、よく言ってたっけなぁ」

「あのっ！」

そこまで聴いて、羽崎はついガタンと椅子を鳴らして立ち上がった。その音で三人組と小幸ママは一様に羽崎を向く。

「あの、その『美冬ちゃん』っての……」

うっすらと口の端が引きつっている羽崎。瞳孔が開き、まばたきはない。だらりと手を垂れ下げて、茫然《ぼうぜん》と立ち竦んでいる。

「も、もうちょい詳しく、教えてくれませんか」

細く消えそうな声で、羽崎は三人組へ問いかけた。三人組はそれぞれどぎまぎとして、目配せをしつつ答えるか否かを迷っている。

「みっ、未咲ちゃんの、母親だよ」

そのうちに、まず借金完済男が恐る恐る口を開いた。

「アンタ、よく未咲ちゃんと喋ってんだろ。知らなかったのかい？」

競艇負け男が怪訝《けげん》に訊ねる。

「どこにでも居る名前じゃねぇし、ここのみんなが『美冬ちゃん』と呼びゃあ、『灯美冬』ちゃんしかいねぇよ？」

借金完済男がそう言うと、羽崎はゆっくりと小幸ママへ視線を移す。まるで、歯車の軋《きし》んだからくり人形のような、ぎこちなさすぎる動き。下顎がギチギチと細かく震えている。

小幸ママは呼吸を忘れるほどに、羽崎のその表情にうすら寒い恐怖を感じた。普段店内で見る羽崎とは全く違う、完全なる別人のようなそれだったためだ。

「嘘……嘘だろ」

羽崎自身もなにかに怯えているような、怖がっているような狼狽《ろうばい》をあらわにする。

「美冬、は、死んだのですか、去年の、今日」

言い切ると、羽崎の両目から大粒の涙が二粒、三粒、とボロボロ溢《こぼ》れ落ちた。まるでその場の誰かが「違う」と言うのを待っているような間の取り方をする。

「一周、忌？　美冬の？　もう、いない、のか？　美冬が？」

「は、羽崎さん？」

羽崎はパタンと口を閉じる。まばたきをゆっくりと三度重ね、フーッと細く長い息を吐き、背を小さく丸めた。

「もう、遅かったんだ俺は。どのみち」

か細く揺れる脆《もろ》い声で、彼はかすかに呟いている。

「わかってた、わかってた。けど、もう一度……もう一度、帰りたくて、謝りたくて、俺」

なんとかして聞き取れるように、小幸ママは一歩、また一歩とカウンターを挟んだ位置から羽崎へ近付く。

「羽崎さん、あのよく聞――」

「帰りたかったんです」

震えたその声は、まるで駄々をこねる子どものようだった。眉を寄せる小幸ママが羽崎を覗き込めば、彼は俯いたまま静かに涙を流していた。その疲れた頬に涙の筋を何本も作っている。

「かえ、りたい、とは？」

小幸ママは小声で訊ねたものの、羽崎は回答することなくフラリ、フラリと店舗扉へ歩を進めた。その足取りは重すぎる。まるでコンクリートで固められた長靴でも履いているかのようだ。

「ちょっ、ちょっと待ってっ」

小幸ママは羽崎の歩みよりも速くカウンターから飛び出し、扉の前に立ち塞がる。

「あなた、美冬ちゃんと未咲ちゃんとどういう関係なの？　なんなのこのリアクション、どういうことなのよ」

強く羽崎を睨み付けて問う。蒼い表情をした羽崎は、小幸ママの睨みなど見えてはいない。

「美冬を守らなきゃいけなかったのに放棄しただから美冬は死んでしまった俺が美冬を死なせたも同然だ美冬は俺のせいで死んだんだ」

「な、何を……」

まばたきをひとつすると、羽崎は震える声で最後にひとつを告げた。

「――未咲ちゃんは多分、俺の娘《こども》です」

小幸ママにしか届かないような小さい声なのに、ズンと重く響きこびりついた。

吸い込むように息を呑む小幸ママは、深紅に塗られた唇を覆って驚愕に震える。色付けた瞼はカッと見開かれ、まるでみぞおちを打たれたかのようなショックで呼吸が上手く出来ない。

ヘナヘナとその場に座り込んでしまった小幸ママ。その背にあるドアノブを掴み、ゆっくりと開ける羽崎。悲しくカウベルがコロロロン、と鳴り、おぼつかない足取りで羽崎は店を後にした。

「ママっ?!」

すべてを見ていた三人組は、慌てて小幸ママに駆け寄る。しきりに「どうした」「何を言われた」と声をかけたが、しかし小幸ママは放心状態のままピクリとも反応しなかった。

羽崎のロックグラスの氷が、ほどなくしてカチャン、と溶けた。

＊　＊　＊

「なぁ。今週末、暇あるか?」

支払われた代金をレジの中へしまう彼女へ、彼がにこやかにそう声をかける。

「あぁ、どうだったかな。手帳見てみますけど、多分大丈夫かと」

「はー良かった。あのな、俺大学三年じゃん。就活始まってるし、トモダチと共同で『売り込み用の作品』作ろうってなったんだよ」

「売り込み用の作品、ですか」

彼女がきょとんとなぞれば、彼はガクガクと首肯を向けてきた。

「俺はブーケ作る。それを美人モデルが持つ。んでトモダチは写真を撮る——っててのを『作品』としてお互いに就活の武器にする」

「へぇ！　素敵ですね」

「だろォ？　だが生憎俺らには、丁度ピッタシの美人モデルが不在だ」

腕組みをした彼は眉を寄せ、わざとらしく「ううーん」と唸った。勘のいい彼女はすぐに「なるほど」と長い睫毛《まつげ》を伏せる。

「選出してくださったんですか、私を。その『美人モデル』に」

「ピンポーン！」

そうして弾んだ声で、彼はまるで幼い子どものような晴れやかに笑んだ。この笑顔に、彼女はいつも胸の奥をわし掴まれている。

「ふふ、いいですよ。ただし、ヌードとかギリギリの格好はしませんから」

「それは俺が許さんから安心してくれ」

「お、頼もしい先輩ですねぇ」

「お前は大事なかわいい後輩だからな」

グリグリ、と彼女は頭を撫でられる。そうされることが嬉しい反面、まだまだ子どもも扱いをされているなと実感してしまった。

彼に見合った女性《ひと》になりたい。彼に見合った素敵を手にしたい——そんな、まだ幼き彼女の願い。

薄陽《うすび》が射す、その一室。大学内にある撮影スタジオのひとつに、彼に連れられ彼女は入室した。

「うぃーす、池田《いけだ》ァ。連れてきたぞー」

「はっ、初めまして！　この度はお声掛けたまわり――」

「硬いっ」

大きな声だった。彼女はまばたきをいくつか挟み、口を引き結ぶ。声を上げたのは池田と呼ばれた男性。

「――なァんつってな！　ワリーワリー」

池田はそうしてニヘラニヘラと口角を上げた。

「おいおい、やめてやれよ。ただでさえ緊張してんだから」

彼に「なぁ？」と顔を覗かれ、彼女は困ったような笑みを向ける。

「えっ、あ、いえ。今のでむしろちょっとほぐれました」

「いいんだぞ、池田に気ィ遣わなくたって」

「ふふ、ホントです」

池田はいたずらそうに「ほらみろ」と笑っていた。彼は面白くなさそうに口を尖《とが》らせる。

「お前そんなことより、ブーケ持ってきたのか？」

「もちろん。池田こそフィルムだのなんだのは平気なのか？」

「当たり前だ。こちとら昨日までに準備終わらしてんだよ」

「ほぉーん、珍しいこともあるもんですなァ！」

男二人のそんな掛け合いが、彼女には微笑ましく思えていた。胸の温かさは彼を想う心からだろうか——彼女は見ないふりをした。

「時に。この池田から二人へ、サプラァイズプレゼェーント」

池田は座っていたパイプ椅子から立ち上がり、「入れー」と扉の外へ声をかけた。

おずおずと入ってきたのは小柄な女性。丸眼鏡に、長く緩いみつ編みをふたつ耳の後ろから下げていて、彼女よりも明らかに年下に見える。

「こっ、こんにちは！　浅間《あさま》といいます。本来文学部ですが、今日だけ衣装担当です！」

「おおっ、浅間チャン。久し振りィ！」

「はいっ、お久し振りです！　今日は池田くんに言われて、衣装の着脱とかへアメイクのお手伝いに参りました」

浅間と呼ばれた彼女が持ってきたのは大きな白い紙袋。床にそっと置き、中身を広げる。

「これを着ていただくのでっ」

「う、ウエディングドレス?!」

浅間が広げたそれは、目が眩むほど真っ白なウエディングドレスだった。ウエストよりも上からふわりと広がるシルエットは、女性が憧れるに相応しいデザインで、彼女もぽわりと頬を染める。

「わあ、どうしよう。こんな素敵なの似合うかなぁ」

「大丈夫だ」

不安そうに眉をハの字にしていた彼女の右肩へ、彼がポンと掌を置く。見上げた先の優しく微笑む彼が、そっと告げた。

「お前は既に充分素敵だから、むしろドレスを負かすくらいだと思うぞ」

「ドレス負かしたらお前のブーケもかすまないかァ?」

「うるせぇ、池田。その辺は大丈夫なんだよ」

「ヒヒヒィ、どう大丈夫なんだよ?」

掛け合う二人の仲の良さに、彼女は浅間と顔を見合わせアハハと笑んだ。

「とりあえず着替えてきましょう。私がお手伝いしますねっ」

「は、はい。よろしくお願いします」

「ジャーン！　着替え終わりました！」

一五分後。浅間がはしゃいだ声色でドアを開け、彼女の背をグイグイと押しながら入ってきた。

「おおー、スゲェ！」

「うおぉ……」

カタンとパイプ椅子から立ち上がり、池田が顎に手をやり彼女へ近寄る。

「こんなに綺麗なら、プロのモデルさんと遜色《そんしょく》ないですよね！」

「だな、ハルミの言うとおりマジで美人モデルだ」

「そんな。ありがとうございます」

「ふふ、目に狂いはありませんでしたね」

「なっ、お前もやっぱそう思うだろ？」

そうして、なかなか会話に入ってこない彼を振り返る池田。しかし彼はポカンと口を開けて固まっていた。

「……大丈夫か？」

「えあっ、あっ、うん！　スゲェ理想、以上」

早足二歩で池田を追い抜かし、彼女の前に立つ彼。

「…………」

「…………」

彼女の伏せた睫毛《まつげ》が長くて、頬に影を作っている。

着色した淡い紅色の唇が柔さと光沢を残し、過剰に麗しく映る。

白い肌がほんのりと赤く染まっているのは、どうしてだろう。

「──もったいないなぁ」

「え」

その睫毛《まつげ》が上を向き、奥の瞳が彼を捉えた。ドキリと心臓を肩を跳ね上げ、彼は慌てた説明で誤魔化す。

「あ、いやっ、池田に、写真で撮られるのっ、がっ、もったいないかなーと、思ってっ、つい」

「ハア？　ちょ、それどういう意味だ」

「う、うるせぇ！　あんまお前、直にジロジロ見るな、減る」

「ああ?!　バカ、お前のじゃねぇかんな」

「『俺のかわいい後輩』ですぅー」

「もーう、遊んでないで始めますよ！」

割って入った浅間の一言に、池田が「おう」と切り換える。

「そーだそーだ。就活かかってんだかんな！」

奮い立った池田の一言に触発されたのか、ぼったりとしたダークグレーのパーカーの両袖を捲り上げた彼も、持ってきたブーケを優しく取り出す。

「ほれ。お前専用、『先輩セレクトブーケ』」

受け取り、持ち手をみると、特徴的な可愛らしいリボンが目に入った。彼はリボンを作るのが非常に上手い。

「さ。リラックス、リラックス」

「リ、リラッ、リ」

「ハハ。落ち着け落ち着け」

ぽん、と右肩に置かれる大きく温かな彼の掌。

「お前が立ってちょっと笑うだけで、ファインダーの向こうは億の素敵で充たされる。お前にはそんな力があるぞ、絶対な」

彼の言うことは、彼女の背をピンとさせた。「はいっ」とひとつ笑めば、ドクリ、ドクリと心の奥で見ないふりをしていた気持ちが脈を打ち始めた。

「浅間、意見具申いたしますっ」

就職活動用の写真を撮り終えると、浅間が小さな手をピシッと上げた。

「おっ、何だ何だァ？」

「記念写真撮らせてください。私デジカメ持ってきました！」

「おお、いいねぇ」

「素敵ですね、撮りましょ」

「そうだなぁ。なかなか無いからなぁ、『みんな写った』写真撮るなんて」

池田がそうのってくれれば、事は早い。逆光にならない位置へ移動し、左から彼、彼女、浅間と並んだ。

「タイマー、セット、完了っと！　ほら、笑え笑え！」

タッタッと小走りに移動し、浅間と彼女の間から顔を出す池田。ピースサインを皆、一様にしかしそれぞれの個性を加えつつカメラのレンズへと向ける。

——カシャッ
「撮れたかなぁ、撮れたかなぁ！」

「お前のデジカメなんだから確かめてみろよ」

「うん、大丈夫です！　にしても、池田くんの顔……プッ」

「なんだよ」

「フフッ、いいえ」

浅間と池田のやり取りを眺めながら、彼女はボソリと呟く。

「可愛いお二人ですね」

それは、反応が返ってきてもそうでなくともいいような声量だったが、彼は律儀に言葉にした。

「池田は浅間チャンのこと大事にしてるからなぁ」

「見てたらわかりますよ」

「え、そんなもん？」

「先輩は、そういうことに鈍感ですもん」

「そうか？」

「そうです」

「ちぇー、俺ばっかりいつもわからん」

口を尖らせる彼の横顔を、彼女は浅間が池田へ向けているような、愛おしそうなまなざしで見つめてみる。

「でも、そういうところが――」

「お二人さんよ」

池田の声に上書きされ、彼女はハッと我に返り口を噤《つぐ》む。危ない危ない、と自らの心を押し込める。

「次二人で撮らせてくんね？」

「お、いいねぇ」

賛同した彼は、左耳のシルバー製フープスクエアピアスで陽光をキラリと跳ね返し、くるりと彼女を振り返った。左掌を差し出して、いつものように明るく笑みを向ける。

「さぁて姫さま、お手をどうぞ」

「せ、先輩っ！　もう、は、恥ずかしいからっ」

「ハハハ。まぁせっかく『ドレス』なんだからさ。いいだろ？」

いたずらそうな笑みの彼。丸出しのその無垢さにどぎまぎとする彼女。

「遠慮しなァい。ほれ」

差し出され続ける掌へ、彼女はおずおずと右手を添えてみる。

大きくて頼りになるその掌。白いグローブ越しですら、数センチなりともそれへ触れてしまうと、昂《たかぶ》った感情のせいで涙が溢《あふ》れるかもしれないと過《よぎ》る。

「参りましょう。さあさ、こちらへ」

彼にクイと手を引かれる。足がもつれそうになる。鈍感な彼が自然に行う些細なことが、次から次へと彼女の特別に変わる。

「……はい」

その自らの照れ笑いすら、既に特別だった。

「おいおい。今更なにに照れてんだよ、もっと寄れバカっ」

ファインダーを覗く池田は、スナップ写真でさえ本気を出した。

「バカたーなんだ、バカたー。コンの毒吐きカメラマン！」

「先輩、それを言うなら毒舌です」

「ンッハハハ！　羽崎くんは本当に国語ダメですね」

「ひっでぇの、浅間チャンまで笑うんだもんなぁ」

「ラチあかないから灯《ともり》チャンが寄って」

「このくらいでどうですか？」

「ちょ、と、近くないか？」

「ふふ、何焦ってるんですか。写真撮るだけじゃないですか」

「そ、そうだけど、な」

「おーらお二人さん。早くこっち向いてくれ」

「最高にいい笑顔、くださいねぇ！」

浅間がそうして声をかければ、二人は池田のカメラへと顔も体も向ける。

「ねぇ、先輩」

「ん？」

「ありがとうございます。素敵な経験させてくれて」

左手にピースサインを用意する、ウエディングドレスを纏った彼女——灯美冬。

「いえいえ、こちらこそ。ご協力感謝してますよ」

彼女の左肩付近にそっと寄り添う彼——羽崎。

「何枚か撮って一番上手くいったのやるからなー」

ファインダー越しに、二人の距離を縮めようと実はひっそり奮闘していた池田千彰《いけだちあき》。

「はーい、最高の笑顔くださーい！」

池田の腐れ縁、文学部の浅間奈都《あさまなつ》。

二人の距離を縮めた、あの写真のそんな思い出。

＊　＊　＊

翌日、土曜日。朝一〇時を過ぎた頃。

午後からは買い物に行っている時間がないと踏んだ未咲は、部屋着から簡単に着替えて、スーパーへ向かおうとアパートの外階段をタンタンタンと下りた。スナックゆきと同方向へ歩を進めてすぐに「未咲ちゃん」と聞き慣れた声に呼び止められる。

「あれ？　羽崎さんっ」

眼前二〇メートル先に、羽崎が立っていた。いつものようにスーツ姿ではなく落ち着いた私服姿で、スーツの時よりも更に若々しい。しかし、表情はいつもの薄暗がりよりも疲弊《ひへい》して見える。

いつものような表情をしてほしい一心で、未咲は努めて口角を上げ、羽崎へ歩み寄っていく。

「こんな早い時間にどうしたんですか？　お店、まだまだ開きませんよ？」

「うん。そうだね」

首肯の羽崎は、しかしいつものように微笑まない。以前、専門学校近くの駅でバッタリ会ったときのあの快活さが微塵もない。妙だな、と未咲は口の端だけに笑みを残し、今度は怪訝を醸《かも》して訊ねた。

「それに今日、土曜ですし」

「うん。お店に用事があるわけじゃないんだ」

その一言に、びくりと足が止まった。羽崎が走り寄ってきても身を翻《ひるがえ》し逃げられるくらいの距離を無意識ながら保ってしまう。

「キミに話があって、朝方からここで待ってたんだ」

「あ、朝方からっ？」

　羽崎は変わらず真顔のまま、まるで人型《アンドロイド》ロボットのようだった。その表情に恐怖した未咲は、口元の笑みを忘れて下唇を甘く噛む。肩を縮め、爪先からかかとへ重心を移動させる。

「落ち着いて聞いてほしいことがある。キミの好きな場所……安心できる場所で話がしたい。人目があった方がいいなら従う」

　羽崎の足は一歩も動かなかったが、未咲はその気迫から後退りをしたいとさえ思った。逃げ出さんとする右足を、グッと我慢する。絶対に羽崎から視線を逸《そ》らさず、隙を与えないように口を引き結ぶ。不安から、着ている長袖Tシャツの胸元を強く握る。

　今までに無いほど、未咲が心底自分を警戒していることに気が付いた羽崎。嘲笑のように口の端を緩め、「そうだな」と提案をひとつ転がす。

「キミのお母さんに誓って、俺はキミの髪の毛一本にだって絶対に触らないことを約束するよ。必要なら今ここで、持っている限りの貴重品全て残らずキミに預けたっていいよ」

　言いながら、両手を耳の横まで上げた。まるで拳銃を向けられて「動くな」と追い詰められた容疑者かなにかのように。

「どうして今、私のお母さんを出すんですか」

「それも全部、きちんと話すよ」

間を開けて、未咲はゴクリと生唾を呑む。羽崎が何を考えているのか、真顔の都築以上にわからない。

「…………」

「…………」

沈黙が痛い。羽崎は、未咲から肯定の言葉しか聞く気がないかのようなまなざしをしている。

「わかりました。先に進まないことには何も得られないようなので、お話聞きたいと思います」

「ありがとう」

「いえ」

「怖がらせて、ごめんね」

「…………」

どちらからともなく前後の斜めの位置で距離を取り、未咲を先頭に移動する二人。以前、都築と再会した際に寄った喫茶店へと向かった。

午前中ということもあり、店内に客は他に二組しかいない。彼らはそれぞれに黙してノートパソコンに向かったり、ノートにペンを走らせたりしている。声を出すことを憚《はばか》られる雰囲気に呑まれそうになる。

間もなくやってきた老店主に飲み物を訊ねられ、注文したホットコーヒーとホットレモンティーがくるまでの間は無言になった。

向かい合って座る羽崎は、やはり真顔のままピクリとも動かない。背筋をピンと伸ばし、テーブルの下の膝の上で緩く指を絡《から》ませ、じっとただそれを見つめている。未咲はそんな彼をどぎまぎしながら見つめたり、一秒にも満たない間に目を逸《そ》らしたりを繰り返した。こんなにも神妙な面持ちで「話がある」などどんな案件なのだろうか、と焦燥《しょうそう》にかられる。

飲み物が置かれ、立ち上る湯気と薫りに誘われたか、羽崎はようやく動きを見せた。

「キミを怖がらせないためにも、財布もスマホもここに出しておくな。って言っても、今日の持ち物はこれしかないんだけど」

言いながら、自らのスマートフォンとターコイズブルーに染色した牛革の長財布を重ね、テーブルの左端に置く。

「あの」

羽崎の所持品から、彼の顎付近へと視線を動かす未咲。

「早朝からじっと待ってまで私に話さなきゃいけないことって、なんですか？」

互いに顔面を直視できない。羽崎は手元から二〇度ほど顔を上げ、口を開く。

「キミのお母さんは、灯美冬という名前だよね？」

「そ、そうですが、それが『お話』ですか」

「キミは灯未咲、ちゃん。間違いない？」

問いの答えが素直に返ってこないことに、未咲はやきもきとした。

「そうです。私の母は、灯美冬です。私は灯未咲。母は、昨日一周忌でした」

事務的に言い切ると、羽崎はようやく未咲と目線をかち合わせ、大きくひとつ空気を吸い込む。

「それを踏まえて確認なんだけど。キミの『お母さん』は、この人で合ってる？」

テーブルの左端に置いた長財布の中から、一枚の紙を取り出した羽崎。それを静かに卓上に置き、未咲から見て正位置になるように差し向ける。

「えっ」

目を丸くし口元を覆った。


それは、あの写真だった。

こちらへ小さくピースサインを向けながら、紅潮《こうちょう》した頬がなんとも可愛らしいと思った、あのウエディングドレスを着た美冬の写真。

美冬が昔使っていた花のテキストの間に挟まっていた、あの写真。

未咲が美冬の遺影の隣の写真立てに入れ飾ってある、あの写真。

どうして羽崎さんが持っているの――未咲は問いたい言葉を喉まで用意したが、肝心の声が出せなかった。

「この人がキミのお母さん……つまり、灯美冬だね？」

トン、と写真の美冬を指す羽崎の人差し指。それが、写真の中の美冬の隣の人物が向けているピースサインの指先と酷似していることに気が付く。

「ちょ、っと、待って」

ゆっくり、ゆっくりと瞼を持ち上げ見えた先の羽崎を、未咲はようやく『誰』であるのかわかり得た。サァッと顔から血の気が退くのがわかる。

「この人……、若い頃の羽崎さん、なんですね」

細く、震える声色で訊ねる。

「そう、大正解」

そう言う羽崎は、やはり笑わない。声色だけが冷たく、しかし優しく、まるで血が通っていないかのような。

先日、専門学校そばの駅で偶然会ったとき、羽崎はこの写真の青年と同じニカッという笑い方をしていたのだ。未咲がそのときに感じた既視感は、この写真によるものだったのだろうとようやく繋がる。

「池田、という人は、ご存知ですか」

「うん。池田は俺の親友だ。写真家をやってる。これを撮ってくれたのが池田だよ」

「だから裏面に、『池田から灯へ』だったんですね」

「あぁ、あの俺が書いたメモ？　写真の裏にまだ残ってた？」

「はい。私、だからこの人を池田さんかと思って……」

「ハハ、残念でした。これは俺です」

未咲から視線を下げて、羽崎は硬く口角を持ち上げた。

目の前がグラングランと揺れる。このまま座っている椅子から転げ落ちて、床に倒れて突っ伏してしまいそうだ。

「美冬から、俺のこと聞いてない？」

「知りませんっ、何も知らない！　知ってたら、羽崎さんって名前聞いただけで別の反応を返してます」

「確かにそうだ。てことはやっぱり、俺のことは、キミへ伝えておく価値もない、と、美冬は思っていたのかな。アハ、仕方がないよね。俺は美冬にとって、話題に出したくもない酷い奴、なんだから」

明らかな嘲笑《ちょうしょう》を、羽崎はそうして吐いていく。目の前のコーヒーを啜《すす》り、いびつな角度の口角をもう少しだけグニャリと曲げた。

「今から、俺と美冬のこと、ちゃんと話したいと思ってるんだけど、聞く?」

わなわなと震える下唇を懸命に噛む未咲。

「聞いておかなければならないことなんだろうってことだけは、よくわかります。もう、お母さんからは聞けないことなので」

「じゃあ、予定どおり話そう。キミは俺たちのことを知らなきゃいけないからね、隠しごとは無しだ」

そう前置きをした羽崎は、周りの音が遮断《しゃだん》されたかのような錯覚をした。その耳には、自らの心臓の鼓動と、吸って吐いての掠《かす》れた呼吸音だけが貼り付く。全身に血を廻《めぐ》らせ、酸素を廻《めぐ》らせ、のうのうと生きている現実に嫌悪感で吐き気がする。良くない考えが、目の前を弾丸の速さでぐるぐると流れる。

「俺ね、今から二一年前に美冬と付き合ってたんだ」

どこから話せばいいやらと逡巡《しゅんじゅん》し、やがて腹をくくってそう切り出す。

「この写真の時はまだ付き合ってなかったんだけど、この後一か月くらいしてから俺は美冬から告白された。そこからしばらく半分同棲《どうせい》してね。俺たちはバイト先が同じ花屋で――あー、ターミナル駅の北口に『マドンナリリー』って花屋があるんだけどね、そこ」

「…………」

「美冬ね、短大卒業してすぐそこに就職したんだよ。店長にえらい気に入られてたし、俺も推薦した。まぁ美冬はあのとおり美人だし、器量もいいし、仕事もできる。本当にどこでも人気だった。美冬は、毎日眩しいほどに輝いてたよ」

「…………」

「美冬みたいな美人がさ、なァんもない俺を好きだなんて、本当に最初は信じられなくてな。三か月くらいしてからだんだん実感が湧いてきて、そしたらスゲェ有頂天になったよ。本当に、今思い返してもあの時の俺は心底滑稽《こっけい》だ。反吐《へど》が出るほどに」

身がしぼむような長い長い溜め息を挟み、羽崎は写真を見つめる。それは哀愁にまみれており、後悔の念が色濃く貼り付いている。

「さっきも言ったけど、俺ってすんごく酷い奴なんだ。死刑を宣告されてもいいくらいだって、ずっと思って生きてきた」

強く、酷く、自らを批難《ひなん》し始めた羽崎に、未咲は嫌悪感から眉を寄せる。

「一度酒で他人《ひと》を傷付けてしまってね。だから長い間断《た》ってた。キミの誕生日についでもらったのが、それ以来だったくらい」

こんなにも几帳面そうな羽崎がアルコールで失敗しただなんて——未咲は信じられ

なかった。

「もともと飲むこと自体は好きなんだ。けど身体と合わないのか、たくさん飲めないしすぐ悪酔いする。でも、なんでかあのトウモロコシの焼酎だけは、決まったペース配分を守れば普通に楽しく飲める。だから、若い頃は気のおけない友達とか先輩後輩とだけ飲むようにしてた。身内で楽しく酔えたらそれで良かったから」

「どうしてそれをスナックゆきで……また『外』で飲もうと思ったんですか。そんなに悔いているのに」

「この枝依市で、それを美冬と飲んでたからだよ」

ヒュッと言葉に詰まる未咲。母の名を出されると弱い。羽崎がその名を呼ぶと、なぜだか急激に生々しく感じた。

「この近辺では珍しいあの酒が置いてある店を見つけて、そこに美冬によく似たキミがいた」

「わ、私……？」

「ほんとは、初めに来店したときの一杯目で帰るつもりだった。でもキミと話を重ねる度に、美冬をずっと重ねてた。キミが目の前にいてくれたから、自分のペースを守って『あの頃と同じように』飲めるんじゃないかって甘えたっていうか」

未咲の、寄った眉間が深くなる。深呼吸を挟んだ羽崎は、それと共に話の路線を戻す。

「あの日……社会人になって二回目の春の終わりの飲み会で、言っても聞かないことで有名な上司から、ビールをジョッキ二杯分くらい飲まされたんだったかな。飲めない奴の苦労も知らないで、無遠慮にガバガバ飲まされてさ」

「………」

「初めて記憶が無くなった。気分も悪くなるし、頭痛はするし、吐くし、疲れるし。でも飲まなきゃならなくて、帰りたくても帰れなくて……散々な日だったことだけ薄ぼんやり覚えてる」

羽崎はゆっくりと目を閉じる。

「真夜中だってのに、美冬がわざわざ迎えに来てくれたらしいんだけど、全っ然覚えてない。それくらい、俺はあの日ヤバかった」

静かに目を開け、チラリと見えた未咲の泣き出しそうな表情に、かつての美冬が重なってしまう。

「気が付いたら朝で、しかも俺ん家で寝ててさ。隣に美冬も居たんだけど二人して服着てなくて。置いてたゴムは減ってないのに拭ったただろうティッシュの塊だけがいくつか捨てられてててな」

ぼんやりと話の意味を察しはしたが、未咲には直接的な意味まで理解できなかった。経験や知識不足が原因だが、話の流れから推測してみようと試みる。

「美冬は『大丈夫、大丈夫』って、その後ずっと気丈にしてたんだけど、今ならわかる。妊娠したかしてないかがハッキリするまで、独りでずっと怖い想いしてたんだろうって」

「あっ……」

ようやく明瞭に把握した未咲は、まるでコンクリートで全身を固められたように身動きが取れなくなった。膝の上で握った拳が冷たい。鼻の奥がジワリとする。

「それから三か月くらい経った頃、美冬は妊娠を告白してきた」

羽崎はまるで本を朗読しているかのように、穏やかに、かつ淡々と言葉を並べていく。

「だけど俺は、逃げたんだ」

堪《こら》えきれず、ボロッと両目から涙を溢《こぼ》す未咲。

「『美冬なら許してくれるだろう』なんて、理解に苦しむ言い訳を自分にして、会社帰りのあの金曜日の夜を境に、俺は美冬の前から消えた。美冬が居ない時間をわかってたから、その間に自分の荷物を家から全て出して、綺麗さっぱり、跡形もなく」

「なん……」

「だって俺は、あんな出来すぎた美冬を養う覚悟も自信もなければ、金も満足にあったわけじゃなかった。なのにどうやって美冬とお腹の子どもを抱えて食っていけばいいのかわからなくて、しかも、あんな出来のいい美冬になら、いつか見限られるんじゃないかって」

「…………」

「めちゃくちゃだし、勝手だろう。本っ当……バカなことをしたと思うよ、心から」

身勝手に羽崎の口から飛び出す言葉の数々を、ひとつずつ処理することがままならなくなる。嗚咽《おえつ》を漏らすまいと堪《こら》えることに必死になる。口を両手で覆う。

「逃げた後、数日もしないうちに全部を酷く後悔したよ。二週間くらいして戻ってみたら、もう美冬はそこに住んでなかった。すっかり引き払ってしまってた」

「…………」

「全部あの日に遮断してしまった上、美冬の電話番号は暗記してなかった。美冬の勤め先の花屋には気まずすぎて顔も出せない。手がかりはひとつもない、俺も手がかりを残さなかったように。俺は、美冬とお腹の子どもをそうして見失った」

緩く絡《から》めた指先から未咲へ、視線を徐々に動かし視界を移動する。

「ヤケになって、後悔しまくって、酒浸りになった。体調を崩して、結局仕事を辞めて、北海道に戻った。それからだな。それからは酒も女性も断《た》ってる。酒を飲むのは美冬の前でだけと決めたし、そもそも美冬以外の女の人なんか考えられるわけなかった」

自らの恥と後悔を『罪』とし、自らに永く縛り付けている。以来すべてを断っている。二度と同じことをしないために、そして、美冬への償いをいつか果たせるのであれば——そんな仄かな期待がそうさせている。

自らをすっかり諦めているのも『本当』。

美冬を諦められていないのもまた羽崎の『本当』だった。

「もうわかったかもしれないけど、敢えて言うね」

未咲は肩を震わせて、羽崎の言葉をただただ待つ。まばたきをすると、ボロボロと涙が溢《あふ》れて目の前がかすむ。

「あの時、美冬がお腹の命を無駄にしていなかったら。更に、俺以外の誰とも関係をもっていなければ——」

正面にした未咲は、涙でぐちゃぐちゃの顔をしていた。なのにしっかりと羽崎を向き、決して逸《そ》らさない強い意思を見せている。

「——俺はキミの父親だ。未咲ちゃん」

かけられた言葉を、未咲は不思議なほどすんなりと受け入れた。心臓の動きは重く、強い。上半身が鼓動に合わせて酷く揺さぶられているようだ。

「はぅ、ああ……」

勝手に両目から流れていく涙は、止まる気配を持たない。呼吸で一度しゃくりあげると、未咲は細い声を上げて、顔を覆って泣いた。カウンター内の老店主や、他の客の動向など微塵《みじん》も気にならない。

酔って理性の飛んだ男の娘《こども》だということが悲しくて泣いているのではない。美冬《彼女》との強い繋がりを求めたのに、保身に走り、美冬《彼女》を粗末《そまつ》に扱ったことが悔しくて泣いているのではない。

未咲は美冬《母親》を亡くして以来、ずっと『親』の存在に強烈に餓えていた。

小幸ママや都築でさえも埋められない、肉親でなければ埋まらない心の穴。それが羽崎の「父親だ」という言葉ひとつで、なぜか不思議と瞬く間に隙間なく埋まった。先の二点が悔しく許せないことも事実だが、それよりもずっと、自分にまだ『親』が居るという事実が、なぜだかただ嬉しかった。

ずっと、一年間、祖父母ではない血の繋がりが欲しかった。

育てられたわけでもない父親なのに、親だとわかるとこんなにも安心するものなのだろうか――未咲はそんな自分の気持ちがわからなかった。涙の理由すらもよくわからない。

こんな『再会』の仕方なのに、温かく確実な安堵の気持ちで涙が流れる代わりに心が充たされていく。反面で、思考ばかりが置いていかれ、体から引き剥がれてしまいそうで恐怖する。

泣くということしか出来ない現状。何と自分の気持ちを表現すべきなのかなどまるで見当もつかない。羽崎の言葉を全て信じているわけでも信じられているわけでもないのに、細胞や遺伝子のレベルで無意識的に彼が自分の父親であることを認めていた。

永遠のような三分をそうしてただただ泣き続け、未咲はやがて長袖Tシャツの両袖で涙を拭い、気持ちを落ち着けた。

「未咲ちゃん」

唇は震えている。泣きすぎて頭がボーッとする。ヒックヒックとしゃくりあげが止まらない。瞼は熱く、重く、今すぐにでも眠りたいくらいだ。

「俺は、キミに詫びたいと思ってる。その話をするためにキミを待ってた」

「…………」

「何度も言うけど、俺はずっとあの日のことを……逃げた日のことを後悔して生きてきた。キミと美冬を忘れたことなんて一日だって無い。出来ることなら、キミたちに『しろ』と言われたことは、何年かかってでもやり遂げる。キミと美冬のた――」

「やめてくださいっ」

低いアルトで重く遮《さえぎ》った未咲は、酷く掠れた声で静かに返す。

「詫びたいとか、どうされたいかなんて……わかるわけない。処理、しきれてません」

「そう、だよね。ごめん」

羽崎はかくんと頭を垂れ下げた。涙が止まったわけではないが、未咲は両手を膝の上に置く。

「今、安心したといえば安心したし、怒っているのかといえば怒ってるんです。怖いような、顔も見たくないような、でも傍にいてほしいような」

「……うん」

「どうすればいいかなんてわかんないです。いろんな感情とか考えが押し寄せて、ぐちゃぐちゃすぎて、今すぐなんて何も望めません。理解の範疇《はんちゅう》を超えてしまって、本当に全然わかんない」

ほぼ一息でそこまで言うと、なぜか自然と涙が止まった。羽崎は「だよね」と苦笑混じりにコーヒーをあおる。すっかり温度の消えたそれは、もう味などしない。

「美冬は、他人《ひと》を助けて死んだと言ってたね」

「ええ」

スンと鼻を啜《すす》り、またも事務的に説明していく。

「認知症で徘徊してたお婆さんが国道に飛び出したんです。昼間の外回りの仕事中だったお母さんは、まぁ、あんな感じじゃないですか、放っておけるわけないんですよ。いつだって自分よりも他人を優先する人なんで」

わかりますよね、と言いかけて閉ざす。母を捨てた男に同意を求めることが悔しくなった。

「そこにトラックが、突っ込んだんです。即死ではなくて、言葉……いくつか言葉を遺して、逝きました」

あの日の母を思い出せば、じんわりと目頭がすぐに熱くなる。慌てて目を伏せ、ふるふると震える肩を縮める。

「そう、か……そうか」

小刻みに、羽崎もまた震えていた。遺された言葉を知りたいと思ったが、しかしそこに自分が居るはずもないと思い直し、訊けずに押し殺す。

「まだ、美冬がもうこの世に居ないだなんて、正直信じられないけど。でも今までにキミと店で話した内容を思い出せば、『そう』なんだなって、納得してることも事実で、さ」

「私はお母さんがただ可哀想です」

未咲は小さく低い声でピシャリとそう呟く。羽崎の言葉を感情的にわざと遮《さえぎ》った。

それからはすっかり俯いて、一切表情を見せなくなった。

「…………」

腰かけている椅子の背もたれに寄りかかることなく、テーブルに肘をつくこともなく、羽崎はじっと写真の美冬を眺めていた。やがてめまいがして、テーブルから何からすべてがぐるぐると回って見えるまで、ウエディングドレスの目映い美冬に焦点を合わせ続ける。

「――おとうさんがいれば」

奥歯をギリギリとし、低い声で吐き出す未咲。羽崎はビクリとした。互いに俯けていた頭を上げる。

「『お父さん』がいれば、お母さんは昼間に外回りの仕事なんてしてなかったかもしれない」

「…………」

「『お父さん』がいれば、お母さんはやりたかった仕事続けてたかもしれない。『お父さん』がいれば、お母さんはもっと自分にお金をかけれたかもしれないっ。『お父さん』がいれば、お母さんはいろんなこと我慢することもなかったかもしれない！『お父さん』がいればっ、お母さんは、死なずに済んだかもしれないの……」

滝のように、美冬とそっくりなその黒々とした瞳から涙がまたボロボロと流れ落ちた。

眺めている羽崎は、胃の上辺りをギュウッと抉られていく感覚に陥《おちい》る。周りがゆらゆらと揺れるようなめまいが強くなる。まるで二二年前の……一九歳の美冬に泣いて怒られているようだ——懐古感と羞恥心が羽崎にまとわりついた。

「ごめん……」

「謝罪なんていらないです」

「でも、俺——」

数多《あまた》の言葉が喉まで出るも、全て不適切と見なされ、羽崎の胃に沈み溶かされる。

「——ううん。ごめん」

静かに首を振り、再び頭を垂れ下げる。

「羽崎さんは、後悔してるんですよね。とても、深く」

未咲は柔らかく、しかし低いアルトでそう言った。羽崎がそろりそろりと顔を上げれば、未咲が下唇を甘く噛んでいるのが見えた。その口元に自らの遺伝子を感じ取る。

あぁ、この表情。俺もよくやるそれじゃないか。どうして今まで気が付かなかったんだろう、だから鈍感だと揶揄《やゆ》されるんだ——羽崎は美冬に笑顔でかけられた言葉を鮮明に思い出した。そこにあった愛情も、その温度も、全てが鮮明でしかしとても遠い。

「あぁそうだよ。あの時に戻れるなら、逃げ出そうとする俺をぶん殴ってでもキミと美冬を背負いたいと思ってるよ」

「でもそんなこと出来ないじゃないですか、現実的に」

「………」

「お母さんも、結局もう居ません」

「……そうだ」

「羽崎さんは、どうしたいですか」

「………」

「わかりませんよね。私もそうなんですよ、今」

冷淡に放つ未咲の言葉が羽崎へのしかかる。涙で重たくなった未咲の瞼は、徐々にとろんと下がってくる。


本当は、無償の愛を向けつつある『父親』にすがって泣いてみたい。

本当は、もっと素直に『お父さん』と呼んでみたい。

本当は、不格好に『お父さん』に甘えてみたい。

本当は、習慣であるかのように『お父さん』に抱き締めてもらいたい。

共に食卓を囲んだり、他愛ない話をしたい。そしてたまには、父娘として口論にもなってみたい。

　このわずか数分の間に、未咲はそんな不思議な欲望を自らの中に見つけた。そんなことを考えている自分に悔しさと恥ずかしさをおぼえるも、認めて受け入れていくと心地よさしかない。

「ねぇ、未咲ちゃん」

　羽崎は、重たく口を開いた。

「これ、俺の連絡先。どうか捨てずにしばらく持っててくれないかな」

　再び、卓上の牛革財布から白い紙を一枚取り出す。写真の隣に置かれたそれは、羽崎の名刺だった。

「裏のこれは、今の俺の住所。夜は八時過ぎなら必ず家に居る」

　その筆跡は、全体的に細長く右に倒れていくような、癖のある文字。さながら収穫前の稲穂のような倒れ方をした、あの文字。写真の裏に書かれた『池田から灯へ』の文字は、羽崎から美冬へ送られたメッセージだったと改めて認識する。

「あとここ、俺の電話番号。このスマホだよ」

　テーブルの端に置かれたスマートフォンを持ち上げながら指し示す。しかし未咲は視線を向けない。

「気持ちとか考えとかが落ち着いたら、一度必ず連絡がほしい。金が要るだとかそんなでも構わないから」

「そんなの要りません」

ぴしゃりと一蹴される正論。フッと羽崎は苦笑を漏らす。その嗤《わら》いは自身を卑下《ひげ》するもので、今の未咲に何を言っても虚しいと覚《さと》る。

「とりあえず、これで俺の話は終わり。俺たちは、もう一度話をする必要があると思ってる。俺も考えとか気持ちをきちんとまとめておくよ」

『俺たち』の枠組みが、未咲には歯痒く思えた。

母をも指しているのか、母だけを指しているのか、まさか母は抜いているのでは――邪推に染まる未咲の心は黒く陰っていく。

「キミからの連絡をただ待ってる。いつまでも、待ってるからね」

羽崎はそう言って静かに席を立った。テーブルにあった写真や財布、スマートフォンと引き換えに、いつの間にかそこへ千円札が二枚置かれていた。

「ごめんな」

「…………」

未咲は、膝に握り拳を置き、俯いたままの姿勢でギリ、と奥歯を噛み締める。そして、目を閉じて顔をまた両手で覆って静かに泣いた。

スマートフォンが、小さな鞄の中で長く震えだした。椅子に寄りかかっていた背中をフッとゆっくり起こす。わずらわしいなと思いながら鞄から取り出し、すると画面に『都築くん』とある。いつものように電話がかかってきている。ぼんわりと腫れた目が少しだけ上向きに開いた。

『あ、灯？　一二時結構過ぎてるけど、向かってるか？』

「え」

『「え」って、お前。昨日の約束忘れたか？』

「約、束」

絞り出した声が思ったよりもガサガサで、何度か咳払いをして鼻を啜《すす》り、絡《から》む痰《たん》を取り除いた。我ながら最悪、と目を固く瞑る。

『どうした？　その声』

都築の声がバリトンに変わった。どうやら未咲の異変に気が付いたようで、一も二もなく未咲を案ずる都築の気持ちが胸に刺さり、温かく溶ける。

「あの、あのねっ、ふえ……うう」

胸で溶けた都築の優しさで、未咲はどんどん涙声になる。腹の底からぐらぐらと揺れる想いが口から出ようとしている。涸《か》れたと思った涙が、またボタボタと容赦なく零《こぼ》れ落ちる。

『落ち着け、大丈夫だから。今どこだ？　ゆっくりでいいから』

都築の声色は低く保たれているものの、未咲を案じるその優しい気持ちの温度で、更に涙が誘われる。

「家の、近くの、ぎっ、喫茶店《ぎさてん》っ……前、いっ、一緒に――ふえええー」

安堵から、再び細く泣いてしまう。袖口は既に涙が染みすぎて酷い状態だったが、更にそこで拭っていく。

『わかった。今から俺行ってもいいか』

「ふん。ふん」

がくがくと頷く度に、電話の向こうの背景音がザワザワと流れる。都築が屋外に出たことがわかる。潤んでいるその未咲の声にいてもたってもいられず、都築はその場から走り出していた。ただならぬことがあったに違いないと直感が不思議に働く。

「かぁっ、帰る、かえる。今から、家、かえる、っ」

『ん、すぐ行く。じゃあ家で待てるか』

電話の向こうで、はっきりと風をきる音がした。走っていることが未咲にも伝わり、嬉しい気持ちと申し訳なさとで胸が詰まる。未咲は、声にならない声で「うん」と首肯した。

『周りよく見て家に戻るんだぞ。マジですぐ行くから待ってろ。な？』

「うん。うん」

切った電話の後で表示された時計が、一二時二〇分を示した。羽崎と別れてからかなりの時間が経っていたことに、未咲はようやく気が付いた。


都築は、枝依中央ターミナル駅のロータリーにて行列を成しているタクシーのうち、先頭の一台へ乗り込んだ。道路が空いていたことと、信号で一度も引っ掛からなかったことが幸いし、本来ならば東区の未咲のアパート前まで四〇分弱かかるところを、わずか半分の時間で着いてしまった。

アパートの外階段を、一段飛ばしで駆け上がる。呼吸を調える間もなくチャイムを鳴らす。わずかばかりの間があり、やがてカチャンと静かに鍵が開く音がして、都築は未咲よりも早く扉を引き開けた。

「灯っ」

開けた先に、目の周りをぼったりと赤く腫らし、鼻や頬まで赤くなった未咲がいた。眉を寄せて、見たこともないくらい不安そうな表情をしている。

「ごめん、都づ――」

掻き消すように、都築は未咲へずんと大股の一歩で近付き、未咲の頭を自らの胸元へ押し当てた。その、今にも脆《もろ》く壊れてしまいそうな表情の未咲を、真っ先になんとかしてやりたくて、無条件に腕が伸びた。

「――き、く」

背中で玄関扉がバタンと閉まる。都築は未咲の耳元へ口を寄せ、囁くように言った。

「もう一人で泣かなくていい」

「うぅ」

驚きと共に、うっかりその肩口の匂いをいっぱいに吸い込んだ。たちまちに胸の奥の一番柔らかくて傷付きやすい部分がチクンと痛み、まるで井戸でも掘り当てたかのような勢いで再び涙が流れ出た。

「ふわああ、ああー」

まるで幼子のように、声をあげてわんわんと泣いた。照れや遠慮などは微塵もなかった。

都築は、未咲に何も言わなかった。右の掌で未咲の後頭部をゆっくりと抱える。未咲の頭はその掌にすっぽりと収まるほどに小さい。

この細く脆《もろ》そうな身体で、何をそんなに大きな事柄を抱えなければならなかったのだろう――未咲の頭部を、肩を、その胸に強く押し当て、自らの体温を移すかのように抱き締め続ける。

やがて涙が止まると、都築の温度でだんだんと眠気が襲ってきて、未咲は都築の腰に回していた腕をそっと緩めた。

「ごめん、汚した」

「気にしなくていい」

惜しいと思いながらも未咲の体を離し、覗き込むように視線を合わせる。

「何があったのか、訊いていいのか？」

両肩に手を置き、真正面から未咲を見る。未咲も鼻をスンと啜《すす》り、視線を逸《そ》らさずにゆっくりとひとつ頷いた。

「もう、情報の処理しきれないの。手伝ってくれる？」

弱々しく告げ、目元を拭う未咲。「わかった」と短く首肯した都築は、靴を脱ぎ部屋へと進む未咲の後に続いた。

「ごめん、散らかってる」

「別に……」

ダイニングテーブルには丸まったティッシュが、文字どおり山のようになっていた。帰ってきてからも泣いていたのかと、都築の奥歯にグッと力が入る。

テレビ台の傍の遺影に、前日贈った花が花瓶に生けられていた。小さな花瓶に刺さっている三本のコスモスには元気がない。春に生花のコスモスがあることを、都築はほんのり疑問に思った。

未咲は都築へ視線を向けることなく、ふらりとキッチンへ向かう。小さな食器棚からグラスひとつを手に取ると、いつも作り置いているほうじ茶を冷蔵庫から出し注いだ。それをダイニングテーブルへ置きつつ「座って」と促す。

本当は、きちんと『返事』を貰い『そういう風に』なるまで家に上がってはいけないと、都築は堅く決めていた。それは彼自身が中学生の頃から一方的に決めていた事柄であり、未咲への配慮や想う気持ちが複数合わさった結果だった。

不真面目や不誠実だと、未咲と美冬には感じて欲しくない——そんな、自身の堅物な部分に初めて目を瞑らねばならない今回を、都築はすっかり椅子に座ってしまってから気が付く。

「さっきまで、私のお父さんだっていう人と、会って話をしてたの」

都築の向かいの椅子を引きながら、未咲は力なく伝えた。その声は鼻声で、いくら鼻を啜《すす》っても整わない。「え」と固まる都築は、細い目を見開き、眉間を寄せる。

「父親……って、美冬さんと、関わりのあった男ってことか？」

「うん。二〇年ちょっと前に、付き合ってたんだって言ってた」

自分のマグカップに注いであったほうじ茶を一気に飲み干した未咲は、都築へ静かに話し始めた。

客としてスナックゆきに来店したことが、羽崎と未咲の出逢いだったこと。

羽崎の、神経質なほどのこだわりと決まりごとが、結果的には自らを縛り戒めるためであったこと。

羽崎から滲む既視感が、母がたまたま残した写真にあったこと。

そして、二時間前まで羽崎に言われるまで、父娘だなどとは思いもよらなかったということ。羽崎も前日まで知らなかったこと。

衝撃的で無責任な、未咲自身の命の『出来方』まではさすがに口にできなかった。しかし勘のいい都築ならば、勘づいたかもしれない。

未咲はそこまでを語り伝え、いくつかまた涙を流した。途切れながらではあるものの、きちんと都築へ言葉にすることで改めて整理することができた。

得た情報を口に出し、明示し、並べ再び取り込むことは、進路を決めたときも行ったこと。内容の重さは比にならないのに、整頓できたことで未咲の気持ちはかなり冷静さを取り戻す。

「話の初めに『父親だ』って、羽崎さんに言われたらね、確証があるわけでもなかったのに、すんなりと納得して、安心したの」

「安心？」

「お母さんを亡くして空いてた心の真ん中の方がね、たったそれだけでほとんど埋まったの」

胃の上の辺りに、そっと右手で触れてみる。そこは、日向の窓辺のように温かい。

未咲は不思議な心地を味わい続けている。

「でも」

そっと触れたそこを、未咲はぎゅうと握った。着ている長袖Tシャツにくしゃりと皺が寄る。

「ふつふつと黒い気持ちも湧いてくる。憎悪とか、嫌悪とか、許す許さないの規模じゃないような……そういう考えをしてる自分が嫌になるような、すごく黒い気持ち。こんな考えをしてる私、すごく嫌だ」

都築は何も言わなかった。

それは、人間ならば誰しもが持っている当たり前の感情だと思った。しかしそこを今の未咲に諭しても仕方のないことだともわきまえている。

握っていた胸元から手を離し、未咲は両手を緩く絡《から》め、テーブルの上に置く。

「後悔してるって、詫びたいって、羽崎さん何度も何度も言ってた。辛いのはすごく伝わったし、お母さんがもう居ないってわかって、悲しそうだった」

語る涙声に、卓上のティッシュを一枚未咲へ手渡す都築。

「後悔しても遅いって、私が言わなくたって強くわかってた。でもそれでもやっぱり、どう足掻いても遅いもん。現にお母さんはもういない。どれだけ後悔しても、お母さんはいない。お母さんには二度と……二度と謝れないんだもん」

差し出されたティッシュにようやく気が付き、そっと受けとる。都築へ一度視線を向け、しかし再び俯いてしまう。

「ごめん。都築くんにぶつけたって仕方ないのに」

「否定しなくていい。口から出たことは、しっかり覚えておかないとダメだ」

そう返してきた都築を、改めてそろりそろりと見上げる。

「どれだけ黒かろうと棘があろうと、ちゃんとしたお前の気持ちのカケラだ。とりあえずは俺でいいから、きちんとぶつけろ」

「気持ちの、カケラ」

「そう。時間経つと、情だったり新しく湧いたいろんな想いで、それは絶対に勝手に消えてく。『初めはこう思った』ってことが、今後案外重要だったりする。だからそういうことは、しっかり誰かに口に出してぶつけて、覚えておくんだ」

都築の言葉に下唇をひと舐めし、再び俯く。

「このことは、ちゃんとゆっくり考えるべきことだと俺は思う。焦って答えを出すな。それだけはダメだ」

「……うん」

「なぁ、灯」

カタンと椅子から立ち上がった都築。ダイニングテーブルを回り込み、未咲の左隣に屈《かが》む。

「突然の話ばっかりで、お前今疲れきってる。少し眠って頭スッキリさせた方がいいと、俺は思う」

目線を合わせにいくようにして、下から未咲の顔をしっかりと見つめる都築。

「話はいつだって俺が聞く。俺だけじゃダメなら、多分ママさんも聞いてくれる。お前と一緒にどれだけでも答えを考えるし、少しでも怖いなら満足いくまで傍にいる」

「ありがとう。ごめんね」

「謝ることじゃない。だから、なんでも独りで背負うな」

「……うん」

「お前の考えてる『迷惑』は、こっちにしてみればなにも迷惑じゃない。お前の周りには、お前を想う人間がちゃんとたくさん居るんだぞ」

「うん……うん」

都築のそのまっすぐなまなざしが、未咲の『黒い気持ち』を浄化する。それは涙粒になり、目からホロホロと溢れて排出される。

「俺は、羽崎がどんな男なのかをきちんと知らない。だから憶測でしか発言できないけど……」

言おうか言わずに濁すかを迷って、未咲と視線を合わせるとしかし口を衝《つ》いて出てしまった。

「羽崎のことは、殴りたきゃ殴ればいいと思う。罵声を浴びせたきゃそうしたらいい。突き放してもいいし、金を取るなら取れるだけぶん取ってやれ。でも――」

不安に滲む、未咲のまなざし。ひと呼吸置いた都築は優しく未咲の手を取った。

「――もし許すって決めたときは、きちんと受け止めて、きちんと許してやれ。それは、美冬さんがいない今、お前一人にしか出来ないことだ。美冬さんの遺伝子と意思を継いだ、お前じゃないと下せない答えだ」

「私じゃないと、下せない……」

小さくなぞる未咲を見届け、握っていた手を離す。立ち上がるため膝に手をつき、直立すると同時に、しかしドムと胸部に衝撃があった。

「お、あっ」

「…………」

未咲が、都築の胸部に飛び込んでいた。都築の背中へ細い腕を懸命にまわし、ひたいを強く胸元へ押し付け、離そうとしない。

その挙動に、ボンと首から上を赤く染めた都築は、呼吸を忘れ硬直する。やがてまばたきを挟み冷静になると、未咲の後頭部を優しく撫でた。

私には、こうして無理矢理飛び込んでも受け止めてくれる人が、お母さん以外にもちゃんと居る――未咲は『独りきりではない』ことを直視する。

都築の傍、小幸ママの傍。それは未咲のきちんと甘えられる場所。決してうぬぼれではなく、向こうからも「甘えていい」と言ってもらえる優しい場所。耳元で伝わる都築の速い鼓動を聴き、自分の命の半分は羽崎から貰ったのだということを不意に思い出す。

羽崎には、はたしてこのような場所があるのだろうか。

お母さんがいない今、『お父さん』を許せるのは私しかいない。私だけが、あの人にどうしてもらうかを決められるんだ――都築の言葉が、自分の言葉へと柔らかく変化し、何度も何度もリフレインして離れなくなる。そうして頭の端の方にこびりつき、幾重にも層になり、硬くなる。

「羽崎さんからね、連絡先もらってあるの」

背に回した腕を緩め、離れる。

「私の連絡先は訊いてかなかった。私からの連絡をずっと待ってるから、って言った。きっと私が全部握ってていいってことだよね？」

スンと鼻を啜《すす》り、未咲は都築をじっと見上げる。

「確かに時間かかるかもしれないけど、自分の気持ちも、お母さんの想いも、ちゃんと整理したい」

そうして見上げてくる、未咲の大きくて澄んだ黒い瞳。わずかにまだ潤んでいる。

「私も羽崎さんにきちんと伝えたい。どうするかなんてわかんないけど、私にしか出来ないことなら、全部きちんと考えたい」

ガラス玉のような双眸《そうぼう》に、うっかりすると吸い込まれてしまいそうだ——都築の背中はゾワゾワと波打った。力ずくで理性を前面に押しやり、今は違うと我慢を徹《とお》す。

「進路のときと同じだ。全然比にはならないけどな」

都築の目尻が五ミリ細まって、未咲は「そうだね」と弱く頷いた。

「連絡先、美冬さんの傍に置いておけ。お前がどうしたいのかをちゃんと見つけたら、美冬さんと一緒に連絡したらいい」

左の目線の先にある遺影を眺め、都築は提案する。

「そのとき、傍に居てくれる？」

「ん。もちろん」

「今日みたいに、わーってなったら、また電話しちゃうかもしれない」

「願ったり叶ったりだな。俺はお前に頼られるのが嬉しい」

「う、うん……」

言葉に詰まる未咲は、都築から顔を背けて体を離す。

視線の先に見えた、若い母と若い羽崎の晴れやかな笑顔に気持ちが落ち着く。二人はあんなに幸せそうなのに——未咲はゆっくりと写真に近付いた。

羽崎と出逢った瞬間から、きっとこんな日が遅かれ早かれ来ていただろう。未咲は自然とそう思えて、ふぅと肩で小さく溜め息をついた。

「一人で、本当に大丈夫か」

「うん。都築くんの言うとおり、ちょっと寝るよ」

ほどなくして、未咲を気遣った都築は帰宅する旨を伝えた。申し訳なさと、傍に居てもらいたい気持ちがせめぎ合っていた未咲だったが、どうにも前者が立ったことでやむなく玄関まで見送った。

「ママにも連絡しとく。こんな顔じゃ、今日のお手伝い出られないから」

その酷い顔を現在進行形で都築にも見せてしまっているんだよなぁ、と苦く思う。

「そうじゃなくても、メンタルを休ませるためにどのみち今日は休め。せっかく『仕事を学んでる』んだろ？　心ここにあらずにするより、ちゃんとお前自身を充電してから臨んだ方がいい。きっと今の状態じゃ、いい学びはない」

「そだね、うん。そうする」

じわり、都築の言葉にくすぐったさをおぼえる。

「都築くんは、いいメンタルトレーナーになるね」

「お前の勉強に対する姿勢から学んだことなんだけどな」

「え、そうなの？」

「『集中できなくなったら勉強しない』って、よく中学ンとき言ってただろ。メリハリつけるのが上手いんだ、お前。そういうところに憧れて、お前のこと好きになった」

口角を三ミリ上げて、なんでもないようにさらりと言ってのける都築。未咲は重たい瞼を懸命に見開き、息を呑んだ。その未咲の『慣れていない』反応見たさにわざわざ言ったということは、都築だけの秘密。

「鍵締めたら、マジでちゃんと寝ろな」

「う、うん。ありがと」

玄関扉が静かに開けられる。

「車、気を付けてね。本当に」

消えそうな声で都築を呼び止める。しっかりと振り返ってくれた都築の姿に安心しきる。

「明日も暇だから、必要なら呼べばいい。家着いたらまた連絡する」

そう残しながら、惜しむように扉を閉める。都築は、未咲が鍵をかける音をきちんと聴き終わるまでその場に残っていた。

一方で未咲も、都築が階段を下りる音を聴いてから鍵を閉めようと、その場で待っていた。これは美冬の教えの『人としてのルール』のひとつ。

「………」

なかなか鍵が掛からないことに違和感をおぼえ、都築はコンコンと扉を叩く。

「鍵掛けろ。それ聴いたら帰るから」

外からかけられた都築の声に、未咲は「うん」と返した。玄関の鍵に手をかけ、カチャンとひとつ鳴らす。

「床では寝るなよ」

「ふふ、はい」

「あーその」

「ん？」

「お、おやすみ」

「うん、おやすみなさい」

＊　＊　＊

「いいなぁ、お母さん」

「え？　何が？」

「全部」

頬を膨らませ、自分と母の写った写真を睨む一〇歳そこそこの未咲。大好きな母とは違う部分を気にする歳になり、まずは顔をコンプレックスに想った。

「お母さんは、ドイツ人のおばあちゃんの血を継いでるから鼻も高いし、美人で芸能人みたいでさ。いいなぁ」

「そうは言うけどね、未咲は黒目がちの大きい目だし、肌も白いし綺麗じゃない。それは誰に似たの？」

「……お母さん？」

「フッフーン、ほらね。いいところ遺伝した」

美冬が腰に手を当てにんまりと笑めば、未咲もつられてフフッと漏れた。

「未咲のその可愛い鼻も賢そうな口元も、お父さんによく似てるんだよ。だから大事にしてほしいなって、私は思うよ」

美冬はそうして柔らかく笑んでいたが、素直に呑み込めることはなかった。いつも納得がいかず、幼心にモヤモヤを溜める。しかし直接的に母へ『父親』のことを訊くことは、罪悪感や背徳感がのしかかって言葉にしにくくもある。

目元を隠せば、顔も名前も知らない父親に似ているんだろうか――こっそりと試してみるも、父親の顔など想像も出来なかった。

「お父さんって、死んじゃったわけじゃないいんだよね？」

踏み込めたとしてもここまでで精一杯の、幼い未咲。母はしかしいつもの調子で
「さぁねぇ」と肩を竦《すく》めるばかり。

「わからないのよ。きっとどこかで生きてくれてはいると思うんだけど」

「そっか」

「未咲は、会いたい？」

「えっ?! う、うぅーん……」

腕組みをした未咲は、母の気持ちを尊重し、自らの本音との間で板挟みになった。

美冬は、そんな娘の良心を簡単に察してしまう。

「お母さんはね、別にお父さんのこと嫌いになったわけじゃないいんだよ」

幼い娘に気を遣わせてしまっていることを申し訳なく想い、核心から遠すぎず近す

ぎない情報を開示した美冬。「そうなの？」と瞼が上向けば、美冬は首肯と共に穏やかに笑んだ。

「離れてしまう理由が、必ずしも好き嫌いだとは限らないのよ」

「ふぅーん？」

「あの頃はいろんな時間が必要だったの。お父さんにも、お母さんにも」

「いろんな時間？」

「未咲にしてみたらすんごく複雑で勝手よねぇ。本当にごめんね」

母がそうして困ったように笑むと、未咲は首を横に振るしかなかった。

「生きてさえいればまたいつか、きっとどこかで会えるよ」

格言のような母の言葉は、未咲の記憶に深く刻まれる。

「どうして、そう思うの？」

「どうしてかなぁ。お母さんもわかんないんだけどさ」

遠くを眺めるような美冬のまなざしが何を見つめているのか、未咲にはやはりわからなかった。

＊＊＊

スマートフォンの、軽やかな着信音で夢から引き戻る。

「ん……」

どうやら二時間ほど眠ったらしい。薄く開けた目が壁に掛かる時計をとらえて、一六時半を少しまわったところだと把握する。

低い振動音へと手を伸ばし、画面を注視すると『ママ』とある。未咲は「珍しい」と眉を上げ、身を起こしながらスマートフォンを耳にあてがった。

「もしもしママ？　ごめんね、寝てて出るの遅れた」

『あら、起こしちゃったかしら』

「ううん大丈夫。丁度起きたとこ」

近くの壁をまさぐり、パチッと部屋の電気を点ける。眩しさで目がチカチカするも、よく見ればここは母の部屋。どうやら恋しさに負け、母のベッドで眠ってしまったらしい。未咲は「やっちゃった」と頭をもたげた。母の遺品は、ずっと慎重に丁寧に大切に扱ってきたためだ。

「えっと、どうかした？」

頭を切り替え、小幸ママへ問う。

『あ、ええ。今お家よね？』

「うん」

『三〇分後にそっちに行こうと思うの。それまでに外に出られる格好をして、玄関で待っててくれるかしら。持ち物はスマホと鍵だけでいいから』

「外に出られる格好？」

『ええ。ちょっと早いけどご飯食べに行かない？　ターミナル駅の近くのね、小さな個室居酒屋に行きたいのよう』

弾む小幸ママの声に、未咲は肩の力が抜けた。うっかり漏れ出るあくびを噛み殺す。

「いいけど、でもお店は？」

『あぁ、今日は臨時休業』

「え？　そ、そうなんだ。珍しいね？」

『まぁ、ちょっとね』

濁す小幸ママの言葉尻に、未咲はわずかに眉を寄せた。

『わかってると思うけれど、お財布要らないわよ』

「はあーい、ごちそうさまです」

それからいくつか言葉を交わし、小幸ママが電話を切ってからスマートフォンを耳から離す。小幸ママの声色はいつもどおり。臨時休業に首を捻るもわからず、ひとまず洗面台へ向かう。

「こんな顔を、都築くんに……ハァ」

鏡を目の前にして愕然とした。泣きはらした自らの顔と初対面する羽目になり、恥ずかしさとやるせなさから、洗面台へ手をかけガクンとうなだれる。

その顔を冷水で洗い、髪を整え直し、顔をなんとかしようとそれなりに化粧をした。マシにはなったのだろうか――未咲はしばらく鏡と睨み合い、半信半疑のまま着替えを済ます。

ダイニングテーブルの上を片付けるうちに、不意に母に呼ばれたような気がしてそっと遺影に近付いた。

「お母さん……」

母の遺影。そして、母と羽崎の若く晴れやかな笑顔。未咲はふたつの写真をじっと見つめる。

「お母さんは、どうしたい？」

近くを、原付バイクの軽い音が横切る。

「お母さんなら、どうする？」

ふたつ、カラスの鳴く声が遠く響く。

「私、どうしたらいい？」

コスモスの花弁の色が、かすかにくすみ始めている。


小幸ママは、約束の三分前に未咲の家のインターホンを押した。タクシーが外階段の下で待っており、共にそれに乗り込む。小幸ママがあらかじめ呼んでいたようだ。三〇分ほどで小幸ママお目当ての小さな個室居酒屋に着くと、掘りごたつ席で対面になった。

「早速注文しましょ、私朝から何も食べてないのよ。もーう、お腹空いちゃってぇ」

「フフッ、私も。お昼抜いちゃったから」

「あら、じゃあとことん頼まなくっちゃね。食べる代わりに今日は私、休肝日よ」

そうして言葉をいくつか交わしつつ、早口気味に小幸ママが注文を進める。未咲は慌てて好物であるポテトサラダをそこへ捩じ込んだ。

三分もしないうちに、二人分の烏龍茶とサラダなどの簡単なものから順次運ばれてくる。「早い時間だと早くていいわ」と小幸ママは快活に笑んだ。

「はいはい、ひとまず乾杯よぉ」

「ん」

静かにキン、とソフトドリンクグラスがぶつかり、小幸ママは三分の一を一気に減らした。未咲は一口を含み、まじまじと小幸ママの顔を観察する。

「………」

店内照明のオレンジ色の仄かな灯りに照らされた目元が、何度も擦ったかのように赤い。理由《ワケ》を訊ねようにも、小幸ママにその隙がなく、言葉が口の中で一進一退を繰り返す。


大きめクルトンとパルメザンチーズがふんだんにかかる、三人前のシーザーサラダ。

都築の拳大はあるのではと思える、鰹節踊る三個の焼きおにぎり。

照りや焼き目の芳ばしい、ピラミッド状に積まれた豚と鶏の串焼き。

この店にしかない、大皿限定特製海鮮グラタン。

ソースの照りが輝く特選和牛の薄切りローストビーフは、美しい円を描いて盛られている。

ポテトサラダは丼ひとつ分で出てきた上に粗潰しのため、やけにボリュームがある。

結果的にこれだけの量の品が並び、未咲は口の端をひくつかせた。

「ね、ねぇママ。お腹空いてるとはいえ、頼みすぎじゃない？　しかも全部大盛り」

「あら知らなかった？　私、それなりの大食らいなの」

パキンと割り箸を軽快に割る、小幸ママ。

「ぜ、全部入るの？」

「もちろん入るわよう。デザートもいくつもりですもの」

にっこりと笑んだその語尾にハートマークがふよふよとしていた。

「それでよくその体型維持できるね……尊敬します」

「んっふふふ、遺伝に感謝だわぁ」

遠慮がちに割り箸を割った未咲は、目の前のシーザーサラダを取り分け始める。

「ね。どうしたの、その目元？」

えっ、と向かいを見つめ返す小幸ママは、ローストビーフを三枚すくい上げる手をピタリと止めた。

「お仕事命のママがお店休まなきゃいけないなんて、よっぽどのことだもん。そのくらい、私にだってわかるよ」

「………」

「それとも、私は知っちゃいけないこと？　ママのこと心配するの、迷惑？」

しばしの間を開けて、赤紫に着色し誤魔化した瞼を伏せ、箸を置く小幸ママ。

「いいえ。知っちゃいけないことではないわ。まして迷惑だなんて、とんでもない」

いつもよりも低い声色で、小幸ママは観念したかのように告げる。

「私ね、未咲ちゃんにきちんとお伝えしなくちゃいけないことがあるの」

「きちんと、伝えなきゃならないこと？」

「そう。謝りたい話と、美冬ちゃんについての話よ」

未咲は生唾を呑んだ。精神的に耐えられない話だったらどうしよう、と不安が過《よぎ》る。小幸ママは、つけ睫《まつ》毛《げ》を貼り付けた瞼をそっと上向け、未咲をきちんと向いた。

「まず、謝りたい話からいいかしら」

「え。う、うん」

「羽崎さんについて、なんだけれど」

条件反射的にビクッと肩を強張らせる。小幸ママからフイと視線を外し、逃れた。

「昨日お店で常連さんと――ほら、カウンターの奥の『ギャンブル三銃士』。あの人たちと、つい美冬ちゃんの名前を出してしまったのね」

「いや、いいのに、別に」

「ううん、それがね。昨日は羽崎さん、早くからいらしてたのよ。大体、ええと、一九時過ぎだったかしら」

　卓上で指を緩く絡め、小幸ママはひとつずつ思い出していく。

「美冬ちゃんの名前を聞いた途端、羽崎さん、血相を変えて『詳しく教えてもらえないか』って訊いてきたのよ。でも、美冬ちゃんと未咲ちゃんとどんな関係なのかわからないし、一応個人情報だから、私たちも戸惑ってたんだけれど……」

　そういうことか、と話が繋がった未咲。「あのね」と口を挟むよりも早く、小幸ママは頭を深々と下げた。

「ごめんなさい。羽崎さんに美冬ちゃんのこと知られてしまったの。全部私のせいだわ」

「ま、待って、ママ。謝らなくていいよ」

「でもこのことがきっかけで、今後もしあなたに何かあったら、私……」

　顔を上げた小幸ママ。寄った眉間が、羽崎を始終疑っていることを示している。

「そのことで目がそんなになって、お店休まなきゃならなくなるまで泣かせちゃったんだね？」

　小首を傾げ、訊ね直す未咲。いつもよりも厚塗りの瞼を伏せた小幸ママの無言が、なによりの答えだった。

「ありがとう、ママ。いつも心配かけてごめんね」

「そんな。私のことはいいのよ。問題なのはあなたよ、未咲ちゃん」

未咲はその眉間を解いてほしい一心で、努めて笑顔を作る。

「羽崎さんにお会いした？　昨日か、今日」

「うん。今日の午前中に会って、話、結構したよ」

「もしかして何かされたの？　それでその顔なんじゃないの?!」

「ううん違うよ、大丈夫」

不安と焦燥《しょうそう》の表情で腰を上げようとした小幸ママへ、未咲は大きく首を振る。応急《おうきゅう》措置《そち》の化粧では誤魔化しきれていなかったか、と苦笑が漏れた。

「本当のことがいくつも一気にわかって、安心したから流れた涙なの。なんかされたりして泣かされたわけじゃないよ」

結露が増えた烏龍茶のグラスが冷たい。それを持ち上げ、中身を啜って喉を潤す。

「まぁ、戸惑ったり怒ってたり、よくわかんない黒い気持ちのせいだってのも、あるにはあるんだけど」

小幸ママの黒髪がハラリと一束耳から滑り落ちた。半信半疑ながら、半腰の姿勢をそっと戻す。

「羽崎さん、なんだったの？」

「自分が私のお父さんだ、っていう話」

どこか俯瞰めいている未咲の返答に、小幸ママの胸が軋むように痛む。

「お母さんと羽崎さんが恋人同士だった頃からの話とか、いろいろ。お母さんが私には伝えていかなかったことのほとんどを教えてもらった」

口角を上げて話しているが、想像できないほど辛かったのではないだろうか――小幸ママは再び目頭が熱くなる。

「どのみち、近いうちに『こうなる』運命だったと思うよ。たくさん泣いてちょっと寝たら、なんとなくそう思うようになったの」

未咲の落ち着いた声に、小幸ママは「そうだったのね」と細く相槌を打った。ボリュームのあるつけ睫毛《まつげ》が下を向き、動かなくなる。

「羽崎さんから、私も聞いたわ。あなたは自分と美冬ちゃんの娘だ、って。彼、とても驚いてた。顔面蒼白にして、目なんか焦点が合わなくて……怖いくらいだったのよ」

涙混じりの細いその声に、未咲も約六時間前の羽崎を思い出す。

どこかヤケクソのような、震えているような、いつもと違う小さな羽崎。あの怯《おび》えたまなざしやいびつな口元は、自らを嘲笑《ちょうしょう》し卑下《ひげ》していたのだろうと、今になってわかる。

「あのね、ママ。ちょっと変かもしれないんだけどね」

伏せた瞼の先に、取り分けたシーザーサラダが見える。未咲はそれを一口分口に含んだ。よく噛み砕き、落ち着いて続ける。

「私、自分のお父さんがこの世にいるんだってわかって、嬉しかったのも嘘じゃないの」

かちゃんと小さな音を立てて、箸を小皿の上に置く。

「お母さんには訊きにくいし、そもそも言いにくそうだったし。でもお母さんが隠したいならそれでもいいかと思ってた。けど、二度とわからないんだって思ってからは、怖がって訊かなかったことを後悔してたの」

「……そうね。わかるわ」

「それにね。羽崎さんが私たちのことを突き放すんじゃなくて、逆に手を伸ばしてくれてたのは、正直安心したんだ」

「手を、伸ばす？」

「うん。羽崎さん、私に『詫びさせてくれ』って言ってきた。『出来ることは何でもする』って」

ぼんやりと、二度目にスナックゆきを訪れた羽崎を思い出す。

「羽崎さん、『守れない約束はしない。した約束は必ず守り徹《とお》す』って言ってた。だから、私とお母さんのことをずっと後悔してるのは確かだって……本当なんだってわかるの。でも、何だと思う？　何を『詫び』たいんだろう」

山積みの串焼きを眺めながら、未咲はわずかに首を傾げる。

「責任を追わないで逃げたこと？　何年も放っておいたこと？　私をお母さんに『押し付けた』こと？　私を父親の知らない子どもにしたこと？」

小幸ママはゆっくりと首を振った。その無言の否定に「言葉が過ぎた」と省みて、未咲は烏龍茶を飲み下すことで黒くなっていく想いを胃に沈める。

「きっと、彼が今日未咲ちゃんに語った全てをだと思うわ、私は」

そういう意味の首振りだったか、と安堵する未咲。

「私、『父親』っていうのがずっとどんななのかわかんない。今日急にお父さんだって判明しただけで、お父さんに何をしてもらえるのかも考えられないし、どう頼ったり接したらいいのかもわかんない」

「それは当たり前よ」

「何してもらったらいいのかな。全部わかんなくて、全部悲しくて、でも全部理解できて。だから今日沢山泣いてた」

「そう……そんな『わからないことばかりが積み上がって』、その涙だったのね」

小さく頷く。涙はもう出なかった。

「わからないことの根幹はなぁに？」

問われるも、その答えは明らかだ。一呼吸の後に告白する。

「『お母さんが』羽崎さんに何をしてもらいたいのか……やっぱりそれが一番かな」

瞼の裏に思い出す、美冬の晴れやかなあの笑顔。

「羽崎さん、一緒に住んでた家に戻ったらお母さんはもういなかったたって言ってた。でもわかんない。思い返してみても、やっぱりお母さんまで出ていくことなかったと思うもん」

「………」

「私一人の気持ちだけじゃなくて、不透明になっちゃったお母さんの『本当の』気持ちも背負って、私はこれから羽崎さんに臨まなきゃいけない。でももう、お母さんの本心だけは、正確になんてわからない。これがきっと、一番悲しくて辛い」

小幸ママへ思いの丈を伝えると、わずかなりとも心が軽くなった。細かい相槌がきちんと返ってくるので、かち合ったその視線にも安堵する。

ひとつ、そうしてクリアになる。『何が』『どのように』わからないのかとハッキリすることは、大きな気付きであり進歩だった。

未咲は視線を下げ、緩く頬を上げる。

「あのね。実はちょっとだけ、羽崎さんみたいな人がお父さんだったらなーって思ったこともあるんだ」

小幸ママは「あら」と頬が緩んだ。その表情に「ふふっ」と笑みを漏らす。

「だから正直、まだ信じきれてない。お店での羽崎さんしか知らないけど、あんなに神経質そうな人が、お母さんに酷いことするような……酷いことした人だって思えなくて」

言葉に出して、もうひとつの気付きが芽生える。

「あ。だから反省っていうか、改心して、あんなに真摯《しんし》で神経質だったのかなぁ」

置いた箸先をじっと見つめる未咲。再び手に取り、シーザーサラダをもさもさと口へ放り込む。小幸ママも、途中になっていたローストビーフを三枚、浚《さら》うように掬い上げた。

「ねぇ。じゃあ突破口的に、もうひとつの方のお話をしましょうか」

ローストビーフが小幸ママの口の中へ吸い込まれるように消えていく。それをじっと見ていた未咲は、小幸ママが咀嚼《そしゃく》し飲み込んだことを確認してから、わずかに首を傾げた。

「美冬ちゃんの、遺したもののお話」

「お母さんの、遺したもの？」

ええ、とどこか嬉しそうに、小幸ママは焼きおにぎりのひとつに箸を入れ、割る。

「美冬ちゃん、もんのすごーく口が固いじゃない？　私たち大人にも基本的には何も教えてくれなかったんだけど、初めにウチで働く前に、ひとつ言ってきたことがあるのよ」

つまみ上げた焼きおにぎりは、元のそれの三分の一大。それをあんがと開けた口へ『詰め込む』ように食べる。ゆっくりゆっくりと小幸ママの小さな顎が動く。未咲は話の内容と小幸ママの食べ方の温度差に、おかしさでつい顔が歪んだ。

「『人を捜してる。だから、その人の手がかりを置かせてくれませんか』」

「え?」

小幸ママの喉骨が一度下がり、元に戻ったのを確認して、真顔になる。

「なに? 手がかりを、置く?」

「羽崎さんの飲んでるあのお酒の古い瓶。あなたがほら、誕生日のあの日に見つけたアレよ。あのお酒しか飲まない人を捜してるんだって、美冬ちゃん、初めに言ってたわ」

「あれしか、飲まない人?」

「まさか本当に羽崎さんだなんて思わなかったんだけれど、素直に考えてみたらそのままなのよねぇ」

まるで霧が晴れるようにしてわかりかけてきた、本当の母の気持ちに、徐々に眉を寄せていく。小幸ママはなにも言わずにもうひとつ、三分の一にした焼きおにぎりを口へ運んだ。

「ひ、人捜しなんて……そんなの、興信所とか探偵とかにやってもらったらよかったのに！」

「そんなお金も惜しいって、美冬ちゃんいつも言ってたもの。あなたに惜しみなく費やしたいって」

「そんなっ、なにそれ。か、勝手だ」

肩が震える。頬が火照る。

「だって、自分で捜して見つかる保証なんて、ゼロに等しいのにっ。情報だってきっと全然集まってなかったんじゃんっ。だから会えなかったんじゃん」

「そのことよりも、あなたのことの方が比にならないほど大切だったのよ」

その一言が、未咲の緊張を柔らかく解く。

「美冬ちゃんね、お店のホームページを率先して作ってあのお酒の情報を載せてたのよ。きっとこのためだったんだわって、朝になるまで泣いてるうちにわかったの」

「でもあれ、更新が六年前で止まってたって、羽崎さん言ってた」

「六年前、何があったかしら？」

問われ、眼球をくるりとひと回りさせる。

「私の高校受験、くらいしか、思い当たらない」

そうして再び小幸ママと目を合わせると、「ご明察」と小幸ママは赤紫に色付けた唇をにんまりとさせた。

「あなたのことで忙《せわ》しなくなって、あなたを第一に考え続けた結果、きっとそっちが疎《おろそ》かになったのよ。別れてから時間も経っていたしね。本当、ただそれだけのこと」

娘には告げられない、母としての言葉。

友人だからこそ話せた、母の真実。

羽崎のことを、母もまた永く捜していた。きっと、『もう一度会いたいがため』に。しかし、やはりなぜ会いたかったのだろう。復讐心、恨み、つらみ、執念——生前の母からはそんな黒い気持ちは感じ得られなかった。

「これは私の推測だけれど——」

小幸ママは箸を置き、優しい笑みと共に頬杖をついた。

「——きっと美冬ちゃん、一旦出ていってしまった羽崎さんが戻ってきたときの行動を怖く想って、自分も出ていったんだと思うわ」

「戻ってきたとき?」

「ええ。まぁ、なんていうか。宿ったばかりのあなたを引き剥がされてしまうかも、って、マタニティブルーの『母親』なら思ったかもしれないわよねぇ」

引き剥がし、と口腔内でなぞる。

妊娠中に精神的に不安定になり、普段ならば考えないようなネガティブを思考にこびりつかせてしまうことは、特段珍しい事例ではない。いつも明るく晴れやかだった美冬が、精神不安から突発的にそうしてしまったのかもしれないと納得がいった。

「羽崎さんに置いていかれてしまったことは、そりゃもう大変なショックだったとは思うの。でも美冬ちゃんは、きっと彼を早々に赦《ゆる》していたんだと思うわ」

「ど、どうして」

「未咲《あなた》ちゃんを授かって産み育てることが、美冬ちゃんにとって最上の喜びで幸せだったからよ。置いていかれてしまったことが掻き消えるくらいのね」

小幸ママのこの優しい笑みから、在りし日の母の想いが伝わってくる。

羽崎も、とるべき行動を間違えた。同じように、母も間違えた。精神不安が落ち着いた美冬は、だからこそ羽崎を捜してまで再会を望んでいたのかもしれないとわかる。

たとえあやまちで出来た子であろうと、美冬は一度も後悔などしていなかった。むしろ誇り、喜び、手離したくないと思っていたらしい。逃げた彼が戻り来て「堕ろせ」と言うことを恐れるほどに。

「そんなの……全然わかるわけないよ、お母さん」

母の想いを感覚的ではなく確固たる事実として、未咲は初めて受け取った気がした。かくんと俯き、長く細い溜め息を溢す。吹けば消えてしまうろうそくの灯火のような声色で、愚痴のように呟く。

「頑固で、隠してばっかりで、見栄っ張り。それで――」

声が震える。母の笑顔が温かく瞼の裏に焼きついている。

「――私の一番大事な、お母さん。私の方が、お母さんを羽崎さんに取られたくないと思ってたのに」

握り合わせる自らの手。それは母によく似てきた。

「だからお父さんのこと、いつも訊くに訊けなかった。お母さんが話さないことに甘えてた。お父さんがお父さんのことを話すと、もしかしたらお父さんが恋しくなって、私を置いてどこか行っちゃうんじゃないかって、ずっと変な想像してたから」

言葉の足りない母娘であったことを自覚し、同時に自分が母に本当によく似ていると初めて実感した。内面でしっかりと美冬が自らに息づいている充足感は、何よりも誰よりも心の隙間を埋め、そして充たす。

「寂しがり屋で怖がりなのは、お母さんだったんだ」


大型連休の賑わいが落ち着いた、五月中旬の日曜日。枝依市内の花はどこも葉緑へと移ろい、その合間を薫風が抜ける。まるかった陽光は季節の移ろいと共に多角形を成し、眩しいほどに未咲のアパートの掃き出し窓へ射し込んだ。

そんな朝一〇時二〇分。時間どおりにインターホンが鳴り、玄関扉を開けた未咲。立っていたのは都築で、ライトグレーの薄手のジップアップパーカーは時季にもその身にもよく見合っている。

都築へ特段声をかけることなく玄関内へ招き入れた未咲は、まず自らのスマートフォンの画面をずいっと押し付けるように見せた。

「ん？」

そこには既に、とある番号が打ち込んであった。

都築が「何の番号だ？」と言葉を喉に用意したのも束の間、未咲はなんでもないように『通話』を押してしまう。そのまま右耳に当て、くるりと背を向けリビングへ消えようとするので、都築は慌てて靴を脱ぎ「おい」とその背を追うようにリビングへ入る。

「とも――」

そこまで口にしたところで、都築は未咲の肩が小刻みに震えていることに気が付いた。

「…………」

肩を竦め、口に残したままの残りの「り」をそっと呑み込む。

本来であれば、未咲のその思い切りのよさに目を白黒させて笑ってしまうところだ。しかし、前日の夕方にあらかじめ「羽崎に連絡する」と未咲から知らされていた都築は、静かに始終を見守ろうと決める。

未咲は右耳に押し当たる電話のコール音に、ただ呼吸が浅くなった。

『はい』

「もっ、もしもし。羽崎さん、ですか」

訊ねながら、眉間がきゅっと詰まる。心臓が跳ね上がったように肩を縮める。

『未咲ちゃん、だね？』

「はい」

『うん。そろそろだったらいいなと思ってた。ありがとう、電話くれて』

電話の向こうの羽崎は、どこかホッとしたような声色をしていた。未咲が二週間前に対峙《たいじ》した、あの真顔の怖い羽崎ではないことが窺《うかが》い知れると、未咲も同様に胸を撫で下ろし、全身の力がわずかに抜ける。

「あ、あの。突然ではありますが、今からお会いできますか？　スナックゆきで」

『うん、是非』

間髪容れずに首肯を返してきた羽崎。「いいって」と、未咲は隣の都築を見上げる。

「ご自宅から、どのくらいかかりますか?」

『すぐ行くよ。中央区住みだから、早くて三〇分くらいかな』

「じゃあ、一一時くらいにお店で、ということで」

『うん、わかったよ』

「丁度でなくて大丈夫です。とにかく安全に、その……車に気を付けて、来てくださ
れば」

こんなときにまで、これから対峙する相手の身をも案じる未咲に、都築も羽崎も胸
の中がきゅうと縮んだ。

『はい。必ず安全に向かわせてもらいます』

「じゃあ、また後程」

電話を切ろうと、スマートフォンをそっと耳から離す。ふと「未咲ちゃん」と呼び
止める羽崎の声が聴こえたような気がして、慌てて耳へ戻す。

「はい?」

『あ、よかった。あの、ええっと。この前と同じく、俺は今回も絶対にキミには触ら
ないか——』

「わかってます」

被せ言うと、未咲は寄せていた眉間をゆるりと解いた。

「私、もう羽崎さんのこと怖がったりしてません。大丈夫です」

晴れやかに、落ち着いた柔らかなメゾソプラノで告げる。羽崎は掠《かす》れたテノールで謝辞を向けた。

『ゴメン。ありがとう』

「だから羽崎さんも、もう怖がらないでください」

『え――』

言い切るなり、スゥとひと呼吸の後で未咲は右耳からスマートフォンを離し、通話を自ら切ってしまった。

「ハァー……」

がくんと目を閉じ、うなだれる。言ってしまった、という気恥ずかしさに「正解か、不正解か」などと脳内を廻《まわ》る。

「大丈夫、なのか？」

心配そうに未咲を覗き込む都築。顔を上げ、未咲は彼のキュッと詰まっている眉間を注視した。本当に怖がっていないかの確認だろうな、と都築に関しては簡単に察しがつく。

「うん、本当に大丈夫。ありがとう、傍にいてくれて」

都築が「別に」とほんのり耳を染めたことには気付かずに終わる。

「今日ね、お母さん連れてってあげようと思ってるの」

言いながら、遺影へ一歩一歩と近付いていく。都築は未咲の背を目で追った。

「お母さん、ちょっと一緒に行こう。ママのお店だよ、久しぶりだよねぇ」

遺影の白いフォトフレームの美冬を持ち上げる未咲。柔く抱くように胸の前に持ち、すると心のざわめきが落ち着くような。

母の想いも共に告げに行くんだ——未咲のまなざしはキリとひとつ見据えていた。

「都築くん、本当にありがとう」

「あ、いや」

「私、都築くんにたくさん勇気貰った」

逆光となって窓から入る陽光が、未咲の背中に温かく当たる。そうして優しく笑む未咲の表情が、心を決めたことを物語っていた。

「ん」

都築は眉間を緩め、小さくいくつか頷いた。

一〇時半過ぎに未咲と都築がスナックゆきの扉を開けると、小幸ママはいつものように優しく笑んで、二人を迎え入れた。

「もうお見えになるの？」

「一一時頃って約束にしたの。大丈夫？」

「ええ、構わないわ。で、そちらは？」

視線がトンと未咲から都築へ移る。ニタリと小幸ママはほうれい線にシワを刻んだ。

「お、幼な——」

「都築です」

普段よりも大きな声で被せてきた彼。未咲は見開いた目で下から見上げる。

「全部終わるまで、絶対に口出ししない約束でついてきました。了承は得てます」

都築は端的に述べたが、小幸ママは顎に手をやってにんまりとそれを眺めた。

「そう、わかったわ。フフ、へぇ。あなたが『未咲ちゃんの幼なじみ』……ね。フフ」

「うん。ん？」

「…………」

小幸ママのこの含みのある笑みの意味を、未咲は理解できなかった。都築はすぐに察し耳を赤くする。

まもなく、小幸ママはカウンターへ9オンスグラスを四つ並べ、それぞれに均等に烏龍茶を注いだ。「時間外だし、プライスレスよ」と決まり文句を添えたその手つきはやはり流れるようで、緊張している未咲と都築の目を惹いた。

いつも羽崎が座る場所へ、9オンスグラスのひとつを未咲が置く。普段どんちゃん騒ぎが催されるコの字ボックス席へ都築を誘導したあとで、もうひとつを都築へ手渡しながら眉をハの字にする。

「時間になるまで、隣に居てもいい？」

普段どおりを努めているものの、しかし隠し切れない緊張が滲んでいる。都築は静かに瞼を伏せ、「もちろん」と右隣の座面をポンポンと叩き、着席を促した。小幸ママが首肯で了承するのを確認してから、未咲はそっとそこへ腰かけ、気持ちを落ち着ける。

約束の三分前に、扉のカウベルがコロコロンと鳴った。それまで口を引き結んでいた未咲はそそくさと立ち上がり、入口まで一目散に小走りで向かう。

「お待ちしてました。は、羽崎さん」

「ありがとう、未咲ちゃん」

羽崎は、初めて来店したときのようにおずおずと入ってきたが、纏《まと》う雰囲気は全くの別物だった。瞳の奥に何か決意をしたような、気持ちを固めているようような。

「ママさん。今日は、お時間と場所をご提供くださりありがとうございます」

「いいのよ。きっと、この時のためのここだったのだわ」

音もなくカウンターから歩み出て、小幸ママは9オンスグラスを手に都築の向かいに腰かけた。それを目で追っていた羽崎は、入口を背にして身を潜めるようにして座っている都築に目が留まる。

未咲へ小さく「彼は？」と訊ね、「お、幼なじみの、都築くんです」と照れ混じりに返ってきたものの、しかし特にピンとこない。振り返るように真顔の右頬をこちらへ向けてきた都築を「ふぅん」とハテナで一旦流し、羽崎はいつもの席へ腰を下ろした。

「あれから、毎日一生懸命考えました。羽崎さん……お父さんのことを」

羽崎の右隣へ座るやいなや切り出した未咲を、ドキリと肩を跳ね上げて窺う一同。カウンターに残った最後の9オンスグラスを自らの目の前に寄せて、未咲は緊張の滲む声色で続けた。

「私が二週間悩んで考えたことを、今日は正直に全部言います」

「……うん」

「この前の羽崎さんのように、私も隠しごとは無しです。聞いてもらえますか？」

「………」

未咲のまっすぐで真剣なまなざしが羽崎へ注がれている。見つめ返し続けることができず、羽崎は目の前に置かれてある烏龍茶へ視線を向け、やがて小さく首肯した。

「まず」

音が鳴るように生唾を喉へ流し、左隣の羽崎から卓上の自らの手元へ目線を泳がせる。

「私は、恋愛のれの字も体験したことのない子どもです。心の動きがどうだとか、普通こうだろうとか、まして男女の機微《きび》なんて全然わかりません。あんまり友達もいなくて、人付き合いが上手くないって自分で感じてます」

横目で未咲を窺う羽崎。唐突になんの話だろう、とその本意を探りながら黙って耳を傾ける。

「だから私には、二〇年前の二人の心内とか行動理由がわからなかった。それであの時、『理解の範疇《はんちゅう》を超えている』と言いました」

「………」

羽崎と美冬だけの過去は、未咲にとって三歩も四歩も先の話で、理解はできても感情がいつまでも取り残されていた。前例を知らないので推測もままならず、不透明な憶測で話が進むことを懸念していた。

羽崎はなるほど、とひとつ頷く。

「どんな理由があったにせよ、してしまったことは仕方がないです。でも同じように、『そうしてしまった』ことを今更責めてももうどうにもならないし、ていうか、私の存在否定にもなっちゃうし。だからどうにかしてくれと過去をほじくり返して責め立てようとは、私は思いません。が」

強く最後の一言を言い切る。チラと顔を向けた羽崎は、未咲が自分を鋭く見つめていることに気が付き再び右隣へ顔を戻した。

「許す許さないの話は、別ですよね」

「……うん」

「私は正直許せません。償いのために今取り繕われても、父親だなんて今言われても、呑み込めない。味方になれない。むしろ今更困るな、と思いました」

強く、棘のある未咲の言葉。そりゃそうだ、と羽崎は烏龍茶の入った9オンスグラスを両手で握る。ぎゅ、と奥歯を噛む音が骨伝いに自分の耳の奥で聞こえた。

「でも、それは『私だけの』意見です」

カタンと椅子が啼いて、未咲は身体ごと左隣を向く。

「母の本心は、違うんです」

「美冬の、本心」

伏せた瞼がわずかに開く羽崎。未咲は深呼吸をひとつつし、話を続ける。

「お母さんは、私を産んだ後は男の人と付き合いは一切ありません」

「それは、俺が絶たせてしまったからだろ?」

「違うっ！」

　バン、と未咲の右手がカウンターを叩いた。ふわり、セミロングの黒髪が耳から一束垂れ下がる。

「お母さん、何度訊いても結局一度もお父さんのことを詳しくは教えてくれませんでした。あなたが憎くて話にも出したくないのかなって思ってたんだけど、ホントはそうじゃなかったんです」

　叩きつけた右掌が汗ばんでいたが、ギュウと拳に変えることで見ないフリをする。

「お母さんは、あなたを捜してました。なんのために？　あなたにもう一度会いたかったからです」

「…………」

「恨み言を言うために会いたかったんじゃない。もう一度、羽崎さんの顔を見て話をして、羽崎さんとマイナスからでも並んで歩もうとしてたんです」

「え……」

　未咲へ目を向け直した羽崎。寄った眉間が辛そうに歪んでいる。未咲は、彼から伝わる緊張感を口呼吸でいなし、震える唇をこじ開けた。

「どうして私にあなたのことを教えなかったのか。それは、あなたを見つけられなかったときの失望を、私に味わわせたくなかったからだそうです。確かに思い返せば

『一九歳になるまでは、私だけの未咲でいてね』って、よく言ってた」

これは、美冬との雑談で小幸ママが知り得た事柄だった。二週間のうちに思い出した小幸ママによって伝えられていた。

「スナ《こ》ックゆ《こ》きにトウモロコシの焼酎が置いてあったのもそう。あなたがこの辺りに変わらず住んでたら、この辺でそう簡単には手に入らないあのお酒を求めて来てくれるんじゃないか、と思ってたみたいです。だからホームページを作ってたんだ、って。そこに載せてたんだ、って。酷いですよね、エサかなにかみたいに、そんな……」

おどけようとするも、半笑いになった下顎が震えていて笑うまでに至らない。

「羽崎さん言ってましたよね、一緒に住んでたアパートに戻ったらお母さん居なくなってたって」

「……うん」

「あれ、お母さんも悔やんでたんじゃないかって、いろんな話を聞いた結果思ったんです。お母さん、きっと後悔してたの。自分までその家を出てしまったこと」

耳を疑う羽崎は、吐いた息に空《カラ》の訊ね返しを織り交ぜた。

「だから本当は、元のお花屋さんで働き続けてあなたの情報を集めたかったろうに、でも私を育てながらじゃそうはできなかった。残った手がかりがお酒しかなくて、だからお母さんは自分の力でやれる全部をやってたんだろうなって、背中を追っててわかったんです」

昼間、未咲が学校へ行っている間は生活のために。夜は羽崎の所在を探るために。たとえ非現実的で効率が悪かったとしても、頑固で頼り方を知らなかった美冬の『最善』がそうして働くことだった。

未咲の黒々とした双眸《そうぼう》には、驚いて口を半開きにした間抜けな表情の自分が映っていた。店内のペンダントライトのオレンジ色に照らされ、酷く滑稽《こっけい》に見える。

「お母さんが、私に繰り返して言ってたことがあります。私がお父さんのことを訊いたときにだけ、決まって答えてたことです」

不意に、羽崎の頬につう、と温かくて塩辛い液体が伝った。そのまま拭うことなく、未咲をずっと見つめている。

「『生きてさえいればまたいつか、きっとどこかで会えるかもしれない』――意味、わかりますか?」

ぶわ、と決壊した未咲の涙腺。目の前がゆらゆらとかすむ。

「こんなの、あなたを恨むどころか、ずっとあなたのことが好きだったってことじゃないですかっ」

「そん、な……」

都築と再会しなければ、都築にドキドキするような想いを教えてもらわなければ、未咲は既に居ない母の気持ちをこんな風に思えなかっただろう。コの字ボックス席でひっそりとしている彼の背中をチラリと一瞥《いちべつ》して、未咲は袖口で涙を拭った。

生きてさえいればまたいつか、きっとどこかで会えるかもしれない――

脳内でゆっくりと反芻《はんすう》し、薄く唇で幾度となぞる。そうしているうちに、いつも胃の上で黒く淀んでいた感情が温かいその言葉に溶かされ、たちまちに白くかすみ、やがて澄んでいった。

「生きてさえいれば、住む場所や家が変わったってきっとまた会える。お父さんとしてきっと帰ってくる。きっと自力で見つけてみせる――お母さんはそう思ってたんだと思います。どこまで本気だったのかはわかりませんけど。少なくとも、私が中学生の時まではずっとそう言ってました」

まるで風船から空気が抜けるときのような、長く深い溜め息を漏らす羽崎。筋肉質なその大きな背中を、しおれるように小さく丸めた。

「お母さんがそういう考えだったんなら、私はあなたを許すしかないです」

丸めた背がビクッと跳ねて、もたげた頭が持ち上がる。

「詫びたいとか、許してくれとか、もうそんなの考えないで。お母さんもだったけど、羽崎さんも、痛いくらいに自分を責めすぎです」

ブンブンと頭を振る羽崎。涙でぐずぐずになった彼の顔を間近に見て、抑えが効かなくなり、未咲も涙を遠慮なく流していく。

「だから謝るのは、ここで終わり。これ以上言いたければ、死んでお母さんのところに辿り着けたときに直接言ってあげてください。きっとお母さんだって、言いたいことあると思うから。だから……だからせめて生きてる今のうちは――」

鼻を啜って、羽崎を見つめ直し、ぎゅうと口角を無理矢理に上げる。

「――私と一緒に生き抜いてください。お母さんよりも、一秒でも永く、私のかけがえのない親で、いてください」

「……う」

「悔やんだり責めたりするなら、私と一緒に一回でも多く笑ったり、楽しいって想いを共有してください。その方がよっぽど、なによりの償いになるからっ」

窓の無い店内。なのに、羽崎には未咲が光を浴びて煌々《こうこう》と輝いているように見えた。その神々しさに、涙は止まるわけもなく。

「私のお父さんとして、娘の私とこれからを生きて。『普通の家族』みたいな、『普通』の父親に、今この瞬間から、なって欲しい。それだけが、いろいろ考え抜いた私の願いであり、答えの全部です」

言い切った未咲は、ぎこちない笑顔ではあったが満足そうに笑んでいた。涙を両目から流し続け、下顎を震わせ、しゃくりあげながらも。

美冬のことを、こんな風に泣かせてしまったことが何度かあったっけ——くしゃりとした涙の未咲は、やはり自然といつかの彼女と重ねて見てしまう。羽崎はク、と固く目を閉じ、厚みある左掌で自らの目元を覆った。

「羽崎さんが父親だって言ったあの日、あのとき。怒りとかよりも先に嬉しいって思ったんです。疑念よりも、納得の方がずっと先でした」

言いながら、背もたれと自らの背に挟んでおいた鞄を膝の上へ持ってくる。

「それは今日まで変わらない。私にも生きたお父さんがいるんだってことが、心底嬉しいの」

鼻を啜り気持ちを落ち着けて、やがて嬉しそうに、そしてどこか寂しそうに、鞄の中から白いフォトフレームを取り出す。羽崎の前へそっと置くも、しかし彼は気が付かない。焦《じ》れた未咲は、カウンターに置かれた羽崎の右拳に自分の左掌を重ねた。

「未——」

息を呑んだ羽崎は目を丸くした。触れないつもりでいたのに、と過ると同時に、視界に入ったフォトフレームに釘付けになる。

それは、美冬の遺影写真。

未咲が『母』と聞き一番に思い描く表情を、未咲が選んだ。

二〇年経っても若いまま、『あの頃』と変わらない美冬の笑顔。写真とはいえ皺もないシミもない、美しいままの美冬は、羽崎の時計を二〇年前の『あの日』へと簡単に戻す。

羽崎は息を呑むように深く吸い込み、声にならない空《カラ》の言葉で「み、ふゆ」と呟く。わななくように全身が震えた。

「私の話は、これでおしまいです。だから、お母さんの言いたかったことを、代わりに私に言わせてください」

触れている羽崎の右手の甲は想定よりも大きく、わずかにかさついている。泣いている興奮からか、見た目よりもずっと温かく、そのぬくもりを求めるように、未咲はそれを多少強引に両手で包んだ。

「ずっと、ずぅっと、会いたかったよ」

血がかよっている温度は、未咲を何よりも安心させる。これが『私のお父さん』の手なんだね——温かい気持ちと、深い喜びを心の奥で感じ取り、左横を窺う。

今まで見た中で、一番格好悪い羽崎がいた。

かわいらしい狭いひたいと、コロンとした丸粒の瞳。小さな鼻や、困ったときに下唇を噛む癖。それらは、未咲が彼から継いだ部分だと何度も噛み締める。

「おかえりなさい、お父さん」

しゃくり上がる腹の底を抑えつけ、声を絞り出すように告げると、溜まっていた涙がボロボロと溢《こぼ》れ落ちた。まるで水晶のかけらでもその目から溢しているような美しさがある。

「グっ……く、あぁぁ」

握られている未咲の手へ、徐々に顔を埋めていく。

歯の奥の震えが止まらなかった。声を殺して泣いていた。こんなにも奥底から嬉しいと思えることは、美冬の元を去って以来一度も無かった。

「ごめん、ごめんな。ほん……ごめん」

あの頃の美冬にそっくりな手の形。彼女のように白く細い手を、羽崎はただすがるように両手でぎこちなく握り返す。固く、強く、離すまいと。

「俺さァ、逃げたんだ……ホントに、っいつまでもダメな先輩でさぁ、あぁぁ……美冬、ごめんな」

わずかに上げるひたい。涙に濡れた震える左手で、遺影の頬の辺りにそっと触れる。

「お……遅くなってごめんっ、一人にして、ごめん。ほんとに、ほんとっ……ごめん」

たまらずフォトフレームを掴み、その胸に引き寄せきつく抱く。

自分が結局二人に何を望まれたいのかなど、最初から想像すらできていなかった。極端な話、死を求められたならば自ら命を絶ったかもしれない。何と望まれても望まれなくても、羽崎もまた何と答えを出すのかが見えずに、長年怖がっていた。

「ただいま、未咲ちゃん」

鼻を啜る未咲。袖口で拭う涙。

「……うんっ、うん」

「ありがとう。……ありがとう」

ひとしきり未咲の手にすがり泣いたあとで、羽崎は申し訳なさそうに顔を上げた。目のまわりはすっかり赤くなり、鼻先もそれ以上に赤く染まっている。

「あーあぁ。ホントに俺はどうしようもないな」

恥ずかしそうに視線を逸らし、苦笑した羽崎。わざと敬語を取り払い「大丈夫」と未咲が笑むと、羽崎はますます耳を赤くした。

抱き締めていた遺影をカウンターへ置き戻し、スーツパンツの左ポケットから薄手のハンカチを取り出す。自らが埋めていた未咲の手の甲へ「ごめん」とそれをあてがう。

「あのね、羽崎さん」

「ん？」

「お母さんの最期の言葉の話、覚えてますか？　いくつか言葉を遺した、って話」

「あ、うん。二週間前にも言ってたよね」

「はい。えと、その。ちゃんと共有したいと、思ってて」

残りの言葉を照れてしまい、そっと俯く未咲。

「あの、『お父さん』と」

「っ、あ、うん」

冷静に『お父さん』という言葉を聞けば、言う方も言われた方もくすぐったげに身を捻《ひね》った。

「お伝えしても、いいですか？」

悪意ゼロの未咲の上目遣い。それは、緊張しているときの美冬の仕草と全く同じだった。

「うん是非。教えてもらえるのは嬉しい」

こんな表情で告白してきたっけ、と不意に思い出し、羽崎は大きくひとつ首肯を向ける。羽崎の手を握り締めたまま、未咲は口の端をきゅっと持ち上げた。

「最初に教えてくれたのは、警察の人。でも時間を改めて、病院の看護師さんからもお母さんの最期の言葉を聞いたんです。そっちの方が言葉、長かったの。看取《みと》ってくれた人だった」

遠くの小幸ママも、都築も、揃って耳を澄ます。最期の言葉は、未咲が今まで話したことのなかった部分。

「『未咲、未咲』って、何度も私を呼んでくれてたんだって言ってました。けど、最後にもうひとつ」

神妙な面持ちになる羽崎。わずかに眉を寄せ下唇を甘く噛む。

「『ハルミちゃんごめんね』と、遺したそうです」

ひゅんと息を呑む羽崎。未咲は更に強くその手を握り締め父を臨む。

「ハルミちゃん、と、母に呼ばれてたのは、やっぱり羽崎さんですか?」

期待と不安が混ざる視線を向ければ、羽崎はそれへ困ったようにくしゃりと笑んだ。

「あぁ、そうだよ。俺のことだ。俺の下の名前、ハルミだから」

ちょっとごめんね、と断りを入れ、未咲の手からそっと抜ける。羽崎が座っている椅子の背もたれの前に、自身の背で隠すように小さな焦げ茶色の紙袋がひとつあった。

それをやはりおずおずと膝元へ持ってきた羽崎は、中から用途不明の通帳束を取り出し、口角をいびつに曲げる。

「こう書いて、ハルミだよ」

輪ゴムで束ねられたそれの最初の一冊を抜き取り、書いてある名前をずいと未咲へ見せ手渡す。

羽崎春己

「そっか……そうだったんだ」

突き出されたその通帳を、名前文字を注視するためにそっと受け取る。

「『ハルミちゃん』が誰なのかわからなくて、私一年悩んでました」

「そうか」

「お父さんのこと、だったんだ」

じわり、喜びで胸が熱くなる。

「ごめんねって、謝ってたんだな、美冬」

「今なら意味、わかりますか」

数秒視線を交わらせ、しかし自信のなさそうな羽崎を見かねて早々と答えを提示する。

「お母さんのことだから『ちゃんと捜してあげられなくてごめんね』って意味かなぁ、って思いました。私はですけど」

「うん。一番正解に近いと思って、いいのかな」

「いいんですよ、もう。それがお母さんの本心なんだもん」

「けど、俺の方がずっとずっとごめんなのにな」

「それは何十年と先に、向こうで言い合ってください」

おもむろに上を指さす未咲。羽崎は「はい」と小さく笑んだ。嘲笑《ちょうしょう》ではない、照れのような笑い。真白《ましろ》の羽崎のその笑みは、かつての母と並ぶ笑顔の羽崎と合致した。

「あ、でね、未咲ちゃん。今日はどんな話をされたとしても、キミにこれを渡すつもりでいたんだよ」

口元の笑みをそのままに、羽崎は焦げ茶色の紙袋と残りの一五冊の通帳も、未咲へと差し出した。

「だからそれとこれら、持ってってね」

「で、でも、通帳なんてさすがに……」

「実はずっと『子ども貯金』してたんだ」

えっ、と驚きをあらわにして、手にしている通帳へ目を凝らす。

「もしも美冬があのまま産んでいたらと思うと、どうしてもせずにはいられなくてさ。せめてもの、っていうか」

経年により褪《あ》せたと思われる色味と何度も触ったような擦れ具合に、長い年月を思わせる。羽崎に促された最初のページを見開けば、一番古い預け入れ日は、未咲が二歳になる少し前の日付だった。

「月に子どもにいくらかかるかなんてわからなかったけど、一定額は毎月入れようってこの頃に決めたんだ。今の俺からしてみれば、貯め始めるのが遅いけどね」

ポカンと口を開けて羽崎を見上げると、それにつられてフフッと頬を緩めていた。

「たとえ一生キミに逢えなかったとしても、やめることはなかった。奇跡的にこうして出逢えたから、これはもうキミに渡そうと思う。それと、これからもまだ入金は続けるつもり」

言いながら、最新のものを抜き出すよう促す羽崎。言われるがままに、未咲は最新の通帳を恐る恐る開いていく。直近の記帳ページに辿り着くと、未咲は自分の目を疑った。

「一、一〇、一〇〇……にっ?!」

二千万と少し、という数字の羅列《られつ》。ぎょっとして羽崎に食いかかる。

「こっ、こんなの、どっちみち受け取れませんっ！」

驚きのあまり、未咲は通帳の束をカウンターへ置き手を離した。

「キミに渡すために貯めてきた。だから、キミに遣って欲しい。たとえ美冬がこの場に居たとしても、俺は『未咲ちゃんに』渡したよ」

「ごめんなさいね、羽崎さん。私も見てもよろしいかしら。せめて、美冬ちゃんの代わりとして」

例によって、音もなく小幸ママが静かにカウンターへ入ってきた。小幸ママも、都築同様に口を挟むまいと決めていたが、金銭が絡むとなるとさすがに立ち上がらざるを得なかったようで。

「はい、構いません」

毅然《きぜん》とした首肯を合図に、未咲はハの字眉でそれを小幸ママへ渡す。受け取り、ゆっくりと最新ページとその前数ページをパラパラ捲りゆく。

毎月決まった日に、決まった額以上をこの口座に入金しているようだ。定額預金であり、払い戻した形跡は一切ない。本当にずっと貯めているらしいく、一度満了を迎えているものの、そのまま継続した形跡があった。

「ねぇ未咲ちゃん。これ、ありがたく受け取りなさいな」

「で、でも額が……」

不安気な未咲に、小幸ママは眉を上げて羽崎へ向く。

「実際問題、未咲ちゃんは今、美冬ちゃんの遺したお金でやりくりしてるんです。きっと、元あった額より半分以上は減ったわよね？」

「美冬の遺した、金」

「………」

存分に間を開けてから、未咲はようやくひとつ頷いた。

もともとあった美冬の遺産は、一年と少しを暮らせたなら良いような金額だった。そこへ事故の慰謝料や保険金などが加えられ、それらを頼りに独り暮らしを強行し、一年を過ごしてきた。

しかし現実は厳しかった。毎月の食事代、水道、電気、ガス、家賃、必要雑費などが『一人で生き残るために』一方的に消えていく。まるで『母の命』を浪費しているようにすら感じられる日々の支出は、未咲にとって決して後味の良いものではなかった。

「未咲ちゃんがどれだけ切り詰めているか知ってるわ。服も靴も、去年からろくに買ってないでしょう？」

「じゃあ尚更だ。美冬の遺したのはもう手を付けずにキミの財産にして、今日からこれ遣って。俺の金なら惜しまずに遣えるだろう？」

羽崎は、更にぐっと計一六冊の通帳を差し出す。

「きっとキミのことだ。『お母さんのお金』は遣いにくいんだろ。だからここでバイトしてるってのもあるんじゃないのか？」

「それは……」

こんな時ばかり察しの良い羽崎に眉が寄った。しかしどのみち図星ではあるし、母の命と引き換えた金にこれ以上手を付けたくなかったのは事実。

まるで助け船を求めるように、都築を一瞥《いちべつ》する。いつもの真顔で未咲を振り返っていて、目が合うとすぐさま首肯を向けてきた。あれは「ママさんに賛成だ」という意思だろう。

「けどっ」

キレイゴトを言えど、現段階の未咲にとって、この二千万円は喉から手が出るほど欲しいものであることに変わりはない。この通帳の束は、羽崎本人が我が子《がこ》未咲のために貯めてきたものだと渡しているのだから、未咲以外には遣えない。

「じゃあ、提案なんですが」

散々膝を見つめて考えを巡らせたあとで、未咲は羽崎へ向き直る。

「やっぱり、通帳は受け取りません」

「いや、でも――」

「その代わりっ」

被せてきた未咲の言葉を待つため、喉元に控えさせていた言葉を飲み下す羽崎。未咲は通帳の束を手に取った。

「ここからでいいので、私の生活費を『お父さんが』払ってください」

「え？」

「お母さんを亡くしてから、確かにすべて切り詰めてやってきました。髪も自分で切ってるし、ママの言うとおり服も靴も買ってない。お母さんのやりくりが上手かっただけに、その貯金は思った以上にあった。でもそれすら遣いきってしまいそうなの」

瞼が陰る。未咲は苦悶の表情で自らのVネックの胸元を握った。

「すごく苦しいことでした。お母さんが頑張って貯めてきたものを、たった一人で遣いきるなんて……とても、ストレスになりました」

傍に居てやらなくてはと立ち上がりかけた都築。しかし未咲が「だから」と言葉を力強く繋いだので、動きを止めた。

「羽崎さんが貯めててくれた分を、そういう風にならなら受け取れます。そうすればストレスはないです。一緒に生きていく生活の保証として、なら」

ホウ、と半腰を落ち着け直す。小幸ママもホーッと肩を落とし口角を上げた。

「お母さんの口座から落としてるものを全部そちらに切り替えて……別に、お金に名前が書いてあるわけじゃないんですけど、そうしたらお母さんのお金は、守られますよね？」

拭いきれない不安を宿した未咲のまなざしに、羽崎は優しく諭すように告げる。

「俺は長年放棄《ほうき》してしまったけど、父親には子どもを養育する義務がある。キミはまだ未成年で学生だし、親に生活を保証されて当然なんだよ」

「……うん」

「これからは美冬とバトンタッチってことでさ。今度こそ俺にキミを護らせて欲しい」

父の厚みのある温かな右手が、未咲の頭頂部へ柔く触れる。

「上手く言えないけど、そうだな……俺がキミの帰る実家になる」

羽崎の言葉を聞くと、安堵の気持ちで充ちた。ふにゃっと目元が緩み、涙の気配に肩が震える。

「身を呈してキミを護ってきた美冬に恥じないような、ちゃんとした父親になるよ、今度こそ。二人がくれた……美冬が遺してくれたチャンスを、俺はもう二度と離さない」

さらさらと幾度か撫でられて、未咲は両手で目元を覆った。溢れてきた安堵の涙に「はい」と小さく混ぜる。

羽崎の決意が、純粋に嬉しかった。気を張らなくてもいいとわかる安心感。未咲は「きちんと甘えていいんだ」と自らへ何度も言い聞かせる。

視界に入った通帳の厚みを、この人からの無償の愛だと思おう——未咲なりに優しく思えた。

「あ、そうそう羽崎さん。お渡ししたいものがあるの」

パンとひとつ手を打ち、目元を弓なりにした小幸ママ。背面の酒棚の隅からひとつのボトルを取り出す。

「いろいろわかった以上、これのお役目は終わったわ。きっといずれ、あなたへ戻す予定だったと思うの」

はい、とカウンター越しに、手にしたそれを差し出す。ためらいをあらわに受け取る羽崎。都築もやがて立ち上がり、未咲の傍へと寄った。

「酒瓶、ですか？」

「ええ」

渡されたのは、未咲が羽崎と初めて会った時に見つけた、ネームタグのないトウモロコシ焼酎のボトルだった。持った感じで中身が無いとわかった、あのボトル。ラベルが薄くなっていた、あのボトル。

「これね、美冬ちゃんが個人的に持ち込んで、ずうっと『使ってた』ものなの」

「えっ？」

耳を疑う告白に、未咲は過度にまばたきを重ねた。申し訳なさそうに肩を竦める小幸ママ。

「黙っててごめんなさいね、いずれは未咲ちゃんに渡すつもりでいたのよ。でも、羽崎さんへお渡しした方が『この場合』適切だと思ったの」

「この場合？」

「美冬ちゃんってお酒全く飲めなくて、でもお客様から勧められたりするじゃない？　そういうときに『マイボトル』として傍に置いていたわけ」

なるほど、と羽崎と顔を見合わせる。

「中にいつもお水を入れて、それだけをグラスに注いでね。他のお客様《みんな》も、お酒の瓶にまさかお水が入ってると思わないわけだから、みぃんな『美冬ちゃんとお酒を飲んでる』気持ちになれたってのは幸いだったかしらね」

未成年以外にも、酒を飲めないスタッフが接客中にフェイクでノンアルコールを飲み進めることは、よくある裏話のひとつ。

「美冬、確かに酒は体質的に受け付けないってよく言ってました。いつも俺が飲むために作ってくれて……それが、氷二個、指三本分」

「それで、その注文の仕方だったんですね」

「未咲ちゃんが入れてくれる手つきが美冬に似ててさ、見る度に本当に懐かしくなったんだよ」

羽崎はラベルの擦れをそっと撫でた。愛おしそうな、懐かしむようなまなざしは、二〇年前の美冬との日々へ馳せられていると簡単にわかる。

「美冬が持ってきたってことは、これ、二〇年前に俺が飲み終わった瓶だろうし」

「裏には必ず一瓶だけストックとして、これと同じものを仕入れて置いていたわ。あの娘が亡くなってからも、なんとなぁく一本だけはストックしてたの」

「だから羽崎さんが初めて注文したとき、すぐに一本出てきたんだね。メジャーなお酒でもなかったのに」

「ええ。美冬ちゃんの思惑通りよね。フフ」

羽崎の抱えた酒瓶をまじまじと見つめる未咲。

ラベルがくすみ薄くなっていたのは、何度も掌で触った結果だったようだ。一二年間、仕事の度に触っていたのならそうなることは自明の理。

「何億分の一の確率を……二度と会えないかもしれないあなたを、さっき未咲ちゃんも言っていたように本当にずっと信じて待っていたんだわ。羽崎さん、あなたがどう考えてどう行動するのか、美冬ちゃんはきちんと予測していたのね」

小幸ママは「何度考えても信じられない話」と苦笑いを溢し、俯く。

「そう、ですね。美冬はそういう人だ」

「バカ、お母さん」

嬉しいやら呆れやらで、未咲は右掌で顔を覆った。

「でも、美冬さんの賭けはちゃんと当たった」

未咲の右肩に手をやった都築が小さく口を開く。

「あの人のことだから、真っ直ぐ信じてればきっとと思ってたんだろ。少し怖いくらいだけどな」

「ふふ、ホントね。だから初めて羽崎さんにこれを注文されて、まさかと思ったわ。スナックゆきでトウモロコシ焼酎をピンポイントで頼む人は、あなたが初めてだったのよ」

美冬と同じ酒を、と求められた際に注ぐものは、決まって一般的な甲類焼酎だった。美冬抜きにトウモロコシと種類を指したのは、羽崎のみだったわけだ。

「あの日ここに入ったのは偶然だったのかしら？」

「いいえ。地元ではない懐かしい土地でこの焼酎が飲める店はないかと、ネットで検索した結果です。それが六年程前の情報だったので、ダメもとで入りました」

未咲と「ね」と目配せののちに微笑み合う。

「美冬が引き合わせてくれたんだって、何となく思えるようになってきた。あの日突然飲みたくなったのだって多分……」

羽崎がそう言葉を濁すのは、未咲への遠慮だった。きゅっと口角を上げ、未咲は静かに首を振る。

「『多分』じゃない。『ちゃんと』引き合わせてくれたんだよ、お母さんが」

心から嬉しそうに言葉を被せた未咲に、羽崎の心は溶かされ癒えていく。永く永く感じていた胃の上の嫌悪感は、もうどこにもない。

「うん」

あの頃のように、きちんと笑顔を浮かべてもいいのだ——未咲に赦《ゆる》された現実を、羽崎は何度も何度も噛み締めていた。

「ありがとう、美冬」


「今日はありがとうございました」

簡単な身支度を整えると、羽崎はそっと椅子から立ち上がり、カウンターの小幸ママへ頭を下げた。深く長く下げ続ける羽崎へ、小幸ママは「気にしないで」と安堵したように笑む。

「未咲ちゃん、送って行こうか」

「いえ」

返事をしようとした未咲は、しかし右隣の都築にそう割って入られた。羽崎が言い終わる手前で声を大きく、未咲の左肩をぐいと引き羽崎から半歩遠ざける。まま強引な都築に目を白黒させている未咲をよそに、都築は言葉を続けた。

「俺が送ります」

「つ、都築くん？」

眉を寄せ、どこか機嫌の悪そうな表情。口を真一文字に、都築は羽崎を睨むように捕らえている。

一番察しの良い小幸ママは、カウンターの中で目を真ん丸に見開いて、始終をあんぐりと眺めていた。笑いを堪《こら》えるのに必死で、肩がブルブルと震えてしまう。

一方で、投げかけられた羽崎は苦笑混じりに「そうか」と改めて口を開いた。

「未咲ちゃんの幼なじみ、だったな」

「今は、そうなんスけど。あの、もしちゃんとした挨拶に伺えたときに、改めて覚えてもらいたいと思ってます」

どうやら都築は怒っているのではなく緊張しているらしい、と雰囲気で察知した未咲。しかし一体何の話をしているかまでは明確にわからず、ハテナをポンポン浮かべていき、斜め後ろから都築の右耳を見上げ続ける。

「ああじゃあ、また改めてだな」

羽崎は表情そのままに、都築へ優しいまなざしを向けた。そして小首を傾げ、さもなんでもないように相槌で返してくる。

都築は戸惑った。「どうしてそんなにも余裕なんだ?」と、顎を引いて投げかけてみる。

「あの、マジで意味、わかってます?」

「え? いやぁ、今度みんなでご飯行こうとか、そんな感じかな、と」

「は……は?」

「フッ!」

堪《こら》えきれなかった小幸ママが噴き笑いをし、「ごめんなさいっ」と後ろを向いた。羽崎も、羽崎と同じ表情をした未咲も、同じように呆気に取られてハテナを浮かべている。

「……あぁ」

ひとつ合点がいった都築。切れ長の目尻を虚しさと共に細め、ガクンとうなだれ、深い深い溜め息をその場に吐き出した。

「あれ、違った?」

「違います。全然、違います」

「あれ、ごめんな。俺昔から鈍いらしくて、直接的じゃないと案外理解できてないらしいんだよなぁ、ハハハ……」

頬を染めながら、後頭部を掻いて照れる羽崎を見て、都築は「これだもんなぁ」と眼球をくるりと一回りさせた。

「お前のニブチン、親父さん譲りだったんだな」

「え？」

「ん？」

揃って同じ顔をする未咲と羽崎。まるっきりわかっていない、ぽけらーっとした表情。ほんのわずかに眉を寄せた二人は、ただただ都築を見つめている。

「いや、なんでもないス。生意気言いました、すんません」

小さくへコッと頭を下げる。眉のシワをすっかり取り、脱力した表情を羽崎へ向けた。

「ちゃんと俺が送ってくんで、今日は自分に任してもらえますか」

その都築を好印象に思った羽崎は、なんの疑いもなく「よろしくね」と口角を上げた。その笑顔は、いつかのあの写真の彼のようで。

「そうよねぇ、美冬ちゃんはすごく勘が良かったものね。察しが良いというか、なんというか」

カウンターで、小幸ママがやれやれと首を振っている。気力の抜けた都築の同調の首肯が返ってくる。

「はい。だからコイツがなんでこんっなニブチンなのか、ずぅーっとわかんなかったんです。今これでちゃんとわかったんで、俺もある意味スッキリしました」

未咲の眉間は詰まったまま。羽崎も変わらずきょとんと微笑むばかり。

そんな二人の表情を交互に見て、都築は四年振りに「ハハッ」と声を出して笑った。


それぞれに帰路につこうとする間際、未咲は羽崎の黒いスプリングコートをグンと引き、きちんと連絡先を交換した。登録名をわざわざ『お父さん』と表記する。見せられた羽崎は、はにかむようにくしゃりと照れた。

未咲は、羽崎へ美冬の遺影をフォトフレームごと渡してしまった。受け取りをためらう羽崎へ「お母さんとちゃんと一緒に居てあげて」と強く背を押した。両親がそうしてでも傍にいることが、唯一の娘として願える幸せだった。

スナックゆきの前で羽崎と「またね」を交わし別れ、その背を見送る未咲と都築。やがてどちらからともなく、未咲のアパートへ向けて足が動いた。

「良かったな」

ジップアップパーカーのポケットに手を突っ込み、都築は眉尻を下げて空を仰ぎながら未咲に投げかける。

「うん。良かった」

未咲も空を仰ぎながら、遠くで鳴いた鳥の声に溜め息を溶かす。

二人の間は、人一人分の間隔が開いている。歩幅は都築が未咲に合わせ、かたや未咲も都築の配慮に気が付きつつも、前へ進んでしまうことを惜しむようにノロノロと進む。

「昼、どっか食いに行くか」

「そうだね。どこがいい？」

「んー。ターミナル駅まで出るか？」

「まぁ、そうなるよねぇ」

「何か食いたいのないのか」

「うーん……」

高い空から都築へと視線を移し、やがてピタリと立ち止まった。

「あの、都築、くん」

「ん？」

四歩先で、振り返りながら足を止める都築。

「あ、あァの、私っ、都築くんにも話が、あります」

その未咲の表情を見れば、何の話なのかなど容易に想像できる。寡黙《かもく》に「ん」と頷いた都築を見て、未咲の胸の内側が緊張に縮み上がった。

「えっと、ね」

ジップアップパーカーのポケットに突っ込んでいた手をそれぞれ外に出し、未咲を黙って見つめる都築。なるべく威圧的にならないよう、眼力を抑えるべく気を配る。

未咲はアワアワと口を動かしながら目線を下げ、きゅっと口を結んだ拍子に都築と視線がかち合えば、ボッと頬を染め、再び視線を逸らし……そんな百面相を延々ぐるぐると続けている。盛大に噴き出してしまいたい気持ちを堪《こら》える都築は、いつもの真顔を細かく震わせ、邪念阻止のために口の中をぎゅっと強く噛む。

「あ、あの」

「ん？」

頭上でザアザアと風が鳴っていた。

やはり人気のないこの通りは、未咲と都築の二人きり。

遠くで鳥が高い音で鳴く。

左折を知らせるトラックのアナウンスとそのウインカーが、国道の方へ抜けようとしている。

「言いたいこと沢山あったけど、全部飛んじゃった……」

「フッ！」

我慢ならず噴き出してしまった都築。「ヤベ」と口元を左掌で覆うも遅すぎて。

「わ、ワリィ、笑っ……」

「う、ううんっ」

都築の噴き笑いにわざと反応しなかったのではない。顔を真っ赤に硬直するほど余裕が一切ないがために反応が出来なかったにすぎない。

「あの、俺も飛ぶのわかる、から、その、気にすんな」

効果があったかもわからないフォローを入れておく。かくかくとぎこちない首肯が返ってくる。

「あの、まず、私もごめんなさい！」

「ん。……え？」

ギュッと眉を寄せて硬直の都築。つい、その「ごめんなさい」の意味をグルグルと悪く考える。

「た、たくさん待たせちゃった、から。ご、ごめんなさい」

「あ、あぁ、それは別に」

そういう意味かと胸を撫で下ろす反面、完全にはホッとしきれていない。眉を寄せたまま、未咲の息遣いにまで神経を注ぐ。

「いつも私を待っててくれてありがとう」

震える一息でそう言い切った未咲は、両手で自らのVネックの裾《すそ》を握り締めている。そこに寄ったシワが、その力の強さや決意の固さを表していた。

「ずっと……小さいときからずっと、私のこと気にかけてくれてありがとう」

寄った眉は言葉ごとに緩みだし、やがて肩の力も抜けていく。

「都築くんが居てくれなかったら私、他人《ひと》にも自分にも、こんな沢山の気持ちがあるなんて知らなかった。きっと、お父さんにも今日みたいな返事、返せてなかったよ」

ぎゅっと一度固く目を閉ざし、カラカラに渇いた喉に生唾を流し込む。喉を無理矢理湿らせながら「ママのところでもっと烏龍茶を飲んでくればよかった」とぼんやり過《よぎ》った。

「私が見えたもの、掴みたいもの、ちゃんと大事にしていきたい。私、都築くんときちんと並んで歩けるような人になりたい。都築くんみたいに、自分の手の届く範囲に優しくなれる人になりたい」

喉の奥が苦しくなって、スッとひとつ息を吸う。春の終わりの青い匂いが鼻腔《びくう》を満たす。

「私も、好きです」

心臓の音だけが耳に貼り付き、周りの音が聴こえなくなる。

「都築くんが好きですっ。恋愛感情で、とっても好きですっ」

「……………」

「……………」

押し黙った、都築のその表情が読めない。恋愛感情が絡むと、都築の表情は全くわからなくなる。それを未咲は最も不安に思うようになった。「今更だと言われてしまったら」と頭を掠め、未咲は自信の無さから遂に視線を地面に落とす。

「えと、都築くんに、好きだって言われたから私も、とかじゃなくて……そのあの、きっと、ずっと特別なひ――」

言い訳のような独り言のような、そんなことをポロリポロリと吐き出したとき。頭上が急に陰ったので、瞼を上へと上げてみる。

「――うん？」

都築が立っていた。ほぼゼロ距離で、未咲の目の前で見下ろすようにぬっと立っている。

「……ジか」

「え？」

「マジか」

怖いくらいの、都築の真顔。緊張で頬がひきつり続けている未咲。

「ま、マジ、です」

消えるようにそう捻り出し、後ずさりするように上半身を反らしていく。

そんな、反れていく未咲の右肩を都築はガッと掴んだ。

目を真ん丸に開けた未咲の顔を一秒だけその目に焼き付け、右手で未咲の後頭部をぎゅうと自らの胸元へ押し付ける。未咲の右肩を掴んでいた左掌を、彼女の腰へ回し引き寄せる。これ以上力を入れるとへし折ってしまいそうだと思いながらも、強く強く、胸中に抱いてしまう。

未咲がプハ、と息継ぎのために鎖骨の上へ鼻と口を出すと、逆に都築が未咲の肩口に顔を埋めてきた。

「えっ、つっ都築っ都築くんっあのっ」

ボン、と頭がショートしたようだった。「好きだ」と言ってしまった恥ずかしさと、都築の読めない真顔と、今『抱きしめられている』という状態と。それらすべてが、初心《ウブ》な未咲をいっぱいいっぱいにする。正常な思考になどなれるわけがない。

「──待ってて良かった、マジで」

首筋でそう囁《ささや》かれ、未咲は目の前がクラクラとした。鼻から中途半端な声が抜ける。

　頭が熱い。ドキドキと心臓の脈打ちがうるさい。今の私、汗臭いかもしれない――肩から顔を離し、ひたい同士がくっついてしまうくらいの一番近い距離で、都築は変わらない真顔で見つめてきた。

「これ、現実で合ってる？」

「げっ、げ、現実っ、だと思う、多分」

「クフッ、お前も自信ないのか」

「なっ、な、ないよ！　あったら、緊張なんかしないっ」

　真っ直ぐなまなざし。黒く長い刺さりそうな睫毛《まつげ》。スッと高い鼻。五分刈りがそのまま伸びたちくちくの頭髪。

　それらすべてが近すぎて直視に困る。頬が、耳が、一気に染まり、困ったように眉が寄り、両掌に汗を握る。可愛いと思ってもらえるような理想の顔などできるわけもなく。

「じゃあ、確認」

「ふえ？」

　ふにゃり口元が緩んで、まぬけな返事を後悔したのも束の間。伏し目にした都築は、未咲との距離を更に縮めた。

わずかに冷たくて、意外と柔らかい、互いの唇の感触。初めての感触に戸惑いと驚《きょう》嘆《たん》が混ざり、それは次第に甘くなっていく。

一度だけそうして触れ合い、一〇秒もしないうちに五センチ分だけ離れる。鼻先がまだ触れている間に、未咲は恥ずかしさで目を閉じ俯いた。そうしてきゅうと縮んだ彼女の肩が愛おしくて、右掌でその後頭部を優しく支え、少しだけくしゃっと握ってみる。

柔らかいその髪の毛が、手の甲でゾワゾワとする。その感触に耐えられなくなったので、都築は顔の向きを変えて、もう一度彼女へ口付けた。髪の毛から、幼さの残るその白い頬へ触れ直し、顎を上向けて更に引き寄せる。

息苦しいのに離れがたい。そんな浅い呼吸の度に、彼の匂いが鼻の奥へ流れきて腹の底まで充ちていく。その香りはまるで媚薬《びやく》だ。取り込むごとに心の奥のとろみが増す。

啮みつくような啄《ついば》むような触れ求め方。引き結んでいた口は徐々に開いていく。前歯へ舌先が触れたのを合図に三ミリ開口して、すると下顎の前歯の鋭利な並びをなぞられ、塞がれる。聴いたことのない甘い吐息が勝手に漏れ出ては、ぎゅうと力が入り合い、距離がだんだんもどかしくなっていく。

きっと、こうしてまどろんでいくうちに、共に横たわってしまうものなのかもしれない――不思議に悟る、大人の色めいた世界。


口で息を吸うようにして、どちらからともなく唇を離すと、互いに顔を見られるわけもなかった。回し合う腕も簡単にほどけ、火照る顔面を逸らし合う。お互いに背を向けるように俯き、湯気が立っていてもおかしくなさそうなほど上気している。

「ワリィ、調子のった……」

「わた、私はその、うう嬉し、かったし、ごっ合法だと、思います」

ふわり誘われるようにして、どちらからともなく手を繋ぐ。

「んー……」

繋いだ手が、都築によって繋ぎ方を変えた。

「これからは、こうだな」

「え」

それは、いわゆる恋人繋ぎ。指と指が交互に絡み、互いの手の甲へ指先が触れる。

都築は顔から首からを真っ赤にしたまま、強く、どこか優しく未咲の手を握った。小さくて、泣いたり高揚したせいで火照っている、未咲の右手。都築の手の甲に指先が第一関節分しか届いていない。

「お前、手ェ小さいよな」

「つぁっ、都築くんが、大きいんじゃないですかっ」

「プ、なんで敬語なんだ」

「なっ、どっ、どんなテンションで、話したらいいか、わかんないんだもんっ」

目の前がグラグラとする。はたして歩いて帰ることができるのだろうか、と未咲は不安になったほど。

「ああと、ごっ、ご飯っ」

思わず「話題を」と顔を上げる。途端に、未咲はひとつ思い付いた。

「あぁ、どこにす――」

「私、がっ、作るっ」

遮《さえぎ》り遮《さえぎ》られ、バチッと視線がかち合った。

「ので、食べませんか」

「クッ、敬語、直らないな」

「だだだ、だって！　もうっ……」

「なに作ってくれるんだ」

「えと、その。まずは冷蔵庫と、相談か、その、スーパーに、行こうかなぁなんて」

「ふうん。楽しみにするか、『豪勢』ランチ」

「そっ、そんなこと言うならっ、冷凍食品《レーショク》にっ、しようかなぁ！」

「別に、お前が俺にって作ってくれるものなら、なんでも嬉しいがな」

「もう……殺し文句すぎる」

　脚の方向をくるりと変えて、同じ歩幅で歩き出す。

「あの、なぁ。さっきの」

「え、う、うん？」

「お前の方が、その、俺よりちゃんと優しいから、安心しろ」

　未咲の眉がふっと上がる。照れから、再び視線を外す二人。

「お前みたいになりたいって考えてるのは、俺だけだと思い込んでたから、正直びっくりしたっていうかだな」

「わ、私？　なんで」

「お前が、孤立してる俺に自然体でいてくれたみたいに、俺もその、お前にとって同じようになれたらって、思ってたっていうか」

「都築くん……」

「俺、お前が言うほど優しくしてやれてないと思うんだが」

「そ、そんなことないよっ、全然。都築くんは周りよく見てるし、優しいよ」

　後頭部をガシガシと掻き照れていると、未咲はフフッと柔く笑んだ。

ピタリと立ち止まり、未咲を向き直る都築。目を真ん丸にし、先の口唇圧を思い出してびくっと固まる。

「あ」

「み、っみ、み」

「ん？」

「未咲っ」

「はっ、はい?!」

「お前からいい返事貰えたら、名前呼びにする、って、決めてた、ずっと。こっ、これからはだから、未咲って、呼ぶ」

「わわっわた、私っ、は……」

「俺、勝利《かつとし》」

「もうっ、知ってる！」

「フッ、待っててやる。今までどおりに」

「もう！　えと、じゃあ……うぅ」

「クフッ、悩みすぎ」

「つか、かぁ……と、か……んー、と、トォ」

「ん？」

「と、トシくん、は、どうでしょう」

「とっ⁈　シくっ」

「もうムリ。恥ずかしすぎて死にそう」

「ドっ、ドローって、ことで」

やはり互いを直視できないまま、一歩ずつ景色が進む。何と声をかけ合えばいいのかわからないまま、また同じ歩幅で歩き続ける。

「ああー改めて、その、よろしく」

都築の目が空を向く。

「こっ、こちら、こそ。もう、待たせないようにします。なるべく」

未咲の目が地面に向く。

ソロリと互いに盗み見ようと、繋いだ手の方向へ顔を向けて、再びバチっと視線がぶつかる。

「トシくん」

「ん」

先に、未咲が柔らかく笑んだ。

「ありがとう、大好きです」

早い段階で親子の血縁証明が出ると、二人は必要がありそうな公的手続きをいくつか済ませた。

しかし、その後も未咲は羽崎姓を名乗らなかった。羽崎が「灯姓を大事にして欲しい」と優しく笑んだためだ。未咲もそれに同意した。名前ではなく血で確実に繋がっていると、深い繋がりを確信した今ならなばもう自信をもって言える。

＊＊＊

「一応やっておこう」と羽崎が強く推したので、間もなくDNA鑑定を行った。


「へぇ。未咲ちゃんの名前は、美冬が付けたんだね」

「うん。『未来でずっと咲けますように』で未咲だ、ってよく言ってた」

「そっか。いい名前だ」

「あはは、一九歳に言う言葉じゃないけどね。でも最近は、なんかドライフラワーみたいだなぁって思えてきたの」

「ドライフラワー？」

「『美しく咲いたら、あとは枯れるだけになっちゃう』って。だから『未《ま》だ未《ま》だ咲け』って意味もあるんだって、お母さんが笑ってたのを思い出したんだ」

「ハハ、そっちの方が美冬らしいな」

「でしょ？」

「じゃあ未咲ちゃんは、コスモスのドライフラワーって感じかな」

「前も思ったけど、なんでコスモスなの？」

「じゃあ、帰ったら花言葉を調べてみること。『ピンクのコスモスの花言葉』を調べてごらん」

「え？　うん」


血縁とはいえ、今更の同居は現実的ではないという結論に落ち着いた未咲と羽崎。代わりに、美冬の月命日の夜に二人で外食をするようになった。その日が互いに休みであれば、昼間は美冬の墓参りに。休みでなければ近い土日で行くと決まった。

食事の合間に羽崎は、美冬との思い出を未咲へ話して聞かせる。未咲もまた、美冬がコツコツ作っていたアルバムを一冊ずつ持って出向き、順番に羽崎へ見せている。

そんな中で、羽崎は「成人式の振袖を作らせて欲しい」と申し出てきた。未咲は照れくささや戸惑い、遠慮などもあったが、相談した都築に背を押されると、その言葉に素直に甘えよう決めた。いびつな親子のかたちは、これから時間をかけて研磨していけばいいと覚《さと》る。

「はいこれ。お父さんから初めてのお小遣いです」

「えっ、お、お小遣い?!」

「いくらがいいのかわかんなかったんだけど、美容室行ったり、服買ったりアクセ買ったり。そういうのは一九歳の女の子に必要不可欠だろ?」

「でも二万円も……本当にいいの?」

「ちょっと少なめだよなぁ、ごめん」

「いやいや、充分です!」

「足りなかったらちゃんと言うんだよ。キミはもっと、自分にお金をかけなさい」

「フフ、はい。でも、やりくりは上手いから余す自信あるよ」

「特別な外出とかあっても?」

「え」

「多分、彼氏いるだろ? デート代は彼が持ってくれるかもしれないけど、さすがに記念日とか誕生日はさァ、ねぇ。あ、今度よかったら紹介してくれない? 今更ながら、ちょっと悔しいけどなァ」

「こっ、この前、会ったじゃないですか」

「この前?」

「トシ――都築くん、です。幼なじみの」

「えっ、あの幼なじ……ええ?!」

「あぁ、こういうところかぁ……」

「へーえ、いいねぇ彼。好青年そうだったし。ふぅん、そうだったんだぁ！」

「やっぱり、お父さんも鈍感《ニブチン》……」


未咲はスナックゆきの手伝いを続けている。こちらも変わらず、金曜日と土曜日の夜、一七時半から二二時まで。

その迎えは毎度羽崎が務めた。未咲は母と過ごすときのような安堵の気持ちを持てるようになった。

羽崎は以前のように飲み通うことはなくなったが、たまに迎え時間よりも早く来店し、ロックグラス一杯分を飲むこともある。もちろんトウモロコシの焼酎を、細かいあの思い出の注文『氷二、指三』で。

小幸ママの計らいによって、羽崎のことは未咲の『生き別れた』父親としてやんわりと紹介されていた。常連客の皆々は、未咲の幸せそうな笑顔を見ていたので、深くは何も言わなかった。そうしているうちに、羽崎も常連客の何人かと言葉を交わすようになっていった。

「これ、父の日にはそぐわないかもしれないけど……『そういうこと』で、はい」

「えっ、いいの？」

「いいもなにも。父の日にプレゼントあげられるのなんて、『お父さん』しかいないじゃない」

「この人生で、貰えるなんて思ってなかった」

「私は初めて贈れて、すんごく緊張するけど嬉しいよ」

「ハハ、俺も嬉しいです。ありがとう、未咲ちゃん」

「フフ、どういたしまして」

「上手にブーケにできたなぁ。これ、やっぱり言ってたとおり、あのときのコスモスだろ？」

「うん。せっかくならやっておかないとだもんね」

「綺麗にドライにもできてるし、うん、元花屋からみても、一〇〇点はなまるを差し上げましょう」

「フフ、やったぁ」

「この前言ってた花言葉、調べてみた？」

「あぁ、うん。花言葉は『乙女の純潔《じゅんけつ》』」

「ん、大正解です」

「でもこれ、そんなに私っぽいかなぁ?」

「うん、すごく未咲ちゃんっぽいね」

「そ、そうかな」

「その言葉、大事にしてね。まぁ、カツトシなら相当大事にしてくれるんだろうってのはわかるけどな」

「え、なんで都築くん?」

「まぁ、俺が言えたことじゃないんだけどさ、ハハハ……」


散々「気まずい」とぼやく羽崎を無理矢理引き連れ、二〇年前の両親のアルバイト先である枝依中央区の生花店『マドンナリリー　本店』へ未咲は向かった。しかしそこに羽崎と美冬を知る当時の店長はおらず、代わりに『マドンナリリー　二号店』を紹介され、そちらへ出向くこととなった。

二号店は、未咲の通う専門学校の最寄り駅である『西大学街駅』近郊の商店街にあった。進み行く沿道右手に、赤提灯下がる居酒屋、二階に探偵事務所の入る灰色の古ビル、そして『二号店』と、肩を寄せ合うようにして並んでいる。その景観を、未咲はなんだか好きだなとうっとり眺めた。

店内には当時の二人を知る女性社員がいた。彼女は有村《ありむら》といって、雇われ店長になっていた。二〇年振りにもかかわらず、有村店長は羽崎を見るなり「バカタレ！」と涙ながらに駆け寄り、やがてことの顛末《てんまつ》をやんわりと聞かされると、美冬のためにたくさんの涙を流した。

未咲をまじまじと見つめた有村店長は「美冬ちゃんにそっくりだわぁ」と何度も抱き締めたり、羽崎の近況をくどくどと、しかし愛情をもって問いただした。昔の羽崎を知る人物が存在することに、未咲はとても幸せな気持ちを抱いた。

「そういえば、池田さんとはまだ交友あるの？」

「うん。なんで俺が北海道からこっちに戻ってきたかって、池田に呼ばれたからなんだ」

「呼ばれた？」

「池田の知り合いの会社に置いてもらえることになってな。池田はそこのお抱えのカメラマン、俺はイベントプランナー」

「えっ、お父さんてそういう仕事してたの？」

「うん。あれ、言いそびれてたっけ？」

「知らなかったよ、てっきりお花関係かと思ってた」

「ハハ、ゴメン。でも、花とは切れてないよ。ちょっとウエディングブーケデザインとかにも手出してるんだ」

「へぇ、お母さんと一緒だね！　お母さんも、私が幼稚園の頃まではそういう仕事やってたんだって」

「そっか。美冬はブーケを作るのがスゲェ上手かったからな。重宝《ちょうほう》されたろうなぁ」

「ふふ、そうかもね。お父さんが池田さんとはまだ仲良しで、なんか良かった」

「いやいや。一回絶縁《ぜつえん》されてるよ」

「えっ」

「美冬から逃げたことでメッタメタにぶん殴られて、『二度とツラ見せるな』『二度と連絡してくんな』って言われてなぁ、ハハハ」

「そ、そっか」

「それからすぐ池田はカメラの修業のために海外に行ったのもあって、お互いに連絡しなかった。でも一五年経って、『結婚するから』って連絡くれたんだ。浅間チャン……池田の奥さんが、また俺たちを繋いでくれたんだ」

「そっか。いい友達持ったね」

「またチアキ、ハルミって名前で呼び合う仲になれたのも、浅間チャンのお陰だ。池田さぁ、自分の名前が女ぽいからって簡単には呼ばせないんだ。ンなこと言ったら俺だってって話になって、そこからつるんでたんだよ」

「フフフっ。なんかいいね、そういうの」

「今度会いに行こうか。池田と浅間チャンに」

「迷惑じゃないかな？」

「アイツはそんな風に思わないし言わないよ、大丈夫」


羽崎は、今までよりもはるかに快活《かいかつ》に笑むようになった。美冬といた頃の、まるで少年のような「にっ」とした笑顔を何度も見るうちに、母はこれを好きになったんだなと未咲は気が付いた。

美冬が命を懸けて護ってきたものを、美冬が立派に育てた娘を、美冬から引き継ぎ、美冬に恥じないように大きく包み護っていく。今度こそ、と心に誓う。なんと嬉しい重責だろう——羽崎は何度も何度も、日々繰り返し噛み締めている。


無料通話アプリを通じて、メッセージが入る。

『今から学校いってきまーす。お父さんも忘れ物しないでね』

それを受けたスマートフォンを持ち上げながら柔く笑み、そそくさと返事を返す。

『行ってらっしゃい。未咲ちゃんも車に気を付けるように。今日は学校終わったらカツトシと会うの？』

『内緒デス』

つい、甘く下唇を噛む。

「くそー、カツトシめ」

＊　＊　＊

乾燥しはじめた枝依市内では、紅葉が見頃だという報せが飛び交っている。深い暖色を透した秋の朝陽は黄金《こがね》色に輝き、丸みを帯びてきた多角形で未咲のアパートの掃き出し窓へと射し込む。

遺影の左隣には、かつての母と父の笑顔の写真。ウエディングドレスを身に纏《まと》い、丁寧に化粧を施し、きらびやかかつ華々しい母・美冬と、そのブーケを作り、彼女の飾り立てに精を出した父・春己が映る一枚。

遺影の右隣には、母の眠る墓の前で並び立つ父娘の写真。しゃんと背筋を伸ばし柔らかく笑む娘・未咲と、マドンナリリーと名のついた白ユリをメインにした花束を小脇に抱えた、父・春己が映る一枚。

春己は美冬へ、極力マドンナリリーを贈っている。あまり生花店店頭に並ばないそれは、鈍感な未咲にさえも特別を意味していることは簡単にわかり得た。マドンナリリーの花言葉を、未咲は敢えて調べていない。今はまだ二人の秘密にしておきたい――そう、ささやかに、密やかに願っている。

「ねぇ聞いてよお母さん。お父さんね、最近私が都築くんと会う頻度《ひんど》のこと、やたらと心配してくるんだよ」

遺影へ、そうして柔く話しかける。肩を竦め、切な気に口角を上げる。

「まぁ、別に気に――」

――かわいいじゃない。ヤキモチ妬いてるんだよ、許してあげて。

「えっ」

不意にそんな言葉が後方から聞こえたような気がして、慌てて後ろを振り返る。見馴れた家財や壁紙、誰もいない家の中。

秋の陽射しが、淡く室内へ転がる。

「……お母、さん？」

再びそっと遺影を向けば、花瓶にいけられた薄紅色のコスモスが目映くこちらを向いているのが目に入る。
　父の実家から送られてきたこの生花のコスモスは、父の実家の裏手に群生している
もの。それはどれも美しい薄紅色で、「未咲ちゃんに本当にぴったりだ」と父はいつ
も繰り返す。
　未咲はフゥとひとつ息を吐き、柔く口を開いた。
「ちょっと心配しすぎかなって思うけど、別に気に病んだり嫌がってるわけじゃない
んだ。お母さんの分まで私に向いてくれてるんだって、もうわかるから」
　そうしてひとつ頷く。もう、声は聞こえてこなかった。
　かすかにスマートフォンが震えている。メッセージを受信したらしい。
『バス停着いたぞ』
「あ、早い。じゃあ、私も行ってきます、お母さん」
　未咲を見送る優しい目はないけれど、見守り続ける優しい存在は未咲の傍に常にあ
る。過去を抱《いだ》き、未来へまだまだ咲き誇れと、前へ前へ晴れやかに進んでいく。

生きてさえいればまたいつか、きっとどこかで逢えるかもしれないから。
生きてさえいればまたいつか、前を向いて自分自身を生きてゆけるから。
生きてさえいればまたいつか、あなたの手の中のものに、きっと優しくなれるから。
生きてさえいれば、またいつか——。

おわり

ごあいさつ

まだ幼かった頃、父の絵画の先生の個展を見に行ったことがあります。父と話し終えた先生は、活けてあった数十本のコスモスをすべて花束にし、子どもだった私へ贈ってくださいました。きょうだい代表として私へ手渡しただけだったかもしれませんが、しかし私はとても嬉しかったわけです。

あれから何十年も経ちましたが、あのときのコスモスの花束の色味や貰い受けた瞬間の高揚感、重さなんかまで未だに鮮明に覚えているのは、あの頃から私がいつか、コスモスを花束にする魅力や特別感をお話で表現し伝えたかったからかもしれません。

どうも、佑佳です。この度は『薄紅色コスモスの花束』をお手に取っていただきまして、まことにありがとうございます。いち創作家として心より感謝申し上げます。

無垢な少女が絶望の淵に一人で立ち、しかし歩み進む先で大人になっていく様をもっとも納得のいくかたちでこうして描かせていただけたのは、佑佳ならびに当作を見つけてくださった文芸社企画部様と編集部様——特に担当してくださったお二方には、なんとお礼を申し上げてよいか。片隅にいた佑佳を目に留めてくださり、言い尽くせぬほどの感謝を。

そして、いつも優しく寄り添ってくださる創作仲間の協力なくして、ここまでのものにはならなかったのも事実であります。

初稿当時は独りでどうにか作り上げ、しかしなかなか納得のいかない出来ばえに悶々と頭を悩ませていました。これでいいのだろうかと自問し続ける私に手を貸してくれた方がいらっしゃって、その方から見つめ直す糸口を戴けました。あの経験がなければ成しえなかった完成だとも思っております。本当にいつもいつも、ありがとうございます。広い世界の中、永い年月のこの時代に、素敵な創作仲間と出逢えたことは佑佳にとって本当に幸せなことです。

最後に、この度も表紙を担ってくださった杉村様。楽しくお仕事ができたあの日々は幸せでした。優柔不断な私にも根気強く関わってくださって、本当にありがとうございます。ファンとして最高な経験がひとつずつ増えていくのは幸せでしかありません。

沿道にさやさやと揺れるコスモスたちを眺めていたとき、不意にあのときに先生から花束を戴いたことを思い出しました。そうして見えたビジョンがあったのです。丁度、未咲ちゃんがカウンター越しにコスモスの花束を受け取ったあの場面です。ああ、このお話を書こう――秋口にそんな風に思ったところからこの物語は始まりました。この一冊が、あなたにとってのコスモスの花束となりますよう。

人は決して孤独ではない、と私は未咲ちゃんはじめこの作品に関わってくださった皆さまから教えていただきました。だからきっと読後には、隣の誰かにわずかなりとも優しくなれますように。

生きゆくあなたも思い出のあなたも、優しい笑みをたたえて明日の世界も生きゆけますように。コスモスが二度咲く北の空の下よりお祈り申し上げます。

あぁそうだ、道を行く際はくれぐれも車に気を付けて。また、運転の際もご注意を。未咲ちゃんが眉をハの字に、あなたのことをいつも心配していますのでね。

二〇二一年十二月　　　佑佳

著者プロフィール

佑佳（ゆうか）

北海道在住。

自らの愛する物語を密やかに書き続けている。

物語を綴り具現化することがライフワークであり夢。

この物語を見つけてくださったすべての人、佑佳に携わってくださったすべての創作仲間、そして杉村様に、多大なる感謝の心と愛を込めて。

著書
『なつ色のふみ』（2019年、幻冬舎）

薄紅色コスモスの花束

2022年２月16日　初版第１刷発行

著　者　佑佳
発行者　瓜谷 綱延
発行所　株式会社文芸社
〒160-0022　東京都新宿区新宿1－10－1
電話　03-5369-3060（代表）
03-5369-2299（販売）

印刷所　株式会社暁印刷

ISBN978-4-286-23408-3